Melissa P.

In nome dell'amore

illustrazioni di Maurizio Ceccato

Fazi Editore

I edizione: aprile 2006

Via Isonzo 42, Roma

Progetto grafico di copertina: Maurizio Ceccato

ISBN 88-8112-730-X

www.fazieditore.it

Questo libro è stampato su carta Editor 2 delle cartiere Cariolaro spa, una carta ecologica riciclata naturale, prodotta con il 100 per cento di maceri e senza l'uso di cloro o imbiancati ottici.

In nome dell'amore

Caro Ruini

Caro cardinale Camillo Ruini,

scrivere una lettera non è mai cosa da poco; intanto perché pone il destinatario in una condizione di passività, cosa che non avverrebbe se il dialogo fosse diretto. Poi, perché a volte il destinatario riduce a un cartoccio la lettere spedite dai mittenti non graditi, le appallottola prima di averle lette e le lancia verso il cestino, sperando di fare centro. Mi auguro che la stessa sorte non tocchi alla mia.

Se vorrà leggere ciò che le scrivo, se vorrà lasciare da parte i suoi numerosi impegni per almeno un'ora, le sarò davvero grata e sarò felice che tutto ciò che scriverò da adesso in poi non rimanga inascoltato.

La decisione di rivolgermi a lei tramite una lettera è nata solo qualche mese fa, da quando ha cominciato a lanciare messaggi al popolo italiano attraverso giornali e televisioni. Era come se quei messaggi mi colpissero in prima persona, era ovvio che fossero rivolti anche a me. Però mi sentivo come se lei stesse parlando da un pulpito altissimo e io mi ritrovassi ai piedi di quel pulpito, incapace di chiederle spiegazioni, di porle i miei dubbi.

Così mi sono detta: se il cardinale Ruini ha voglia di parlare con me, forse avrà anche voglia di ascoltarmi.

Mi sono anche detta che per avere un po' di considerazione avrei dovuto usare la sua stessa arma: ossia avvalermi dei mezzi di comunicazione.

Vorrei fosse chiaro fin dall'inizio che la mia non è una lettera di accusa, è una risposta alle decine di messaggi che lei mi ha indirettamente inviato, una risposta che vorrebbe dare inizio a un dialogo.

Una risposta che nasce dalla rabbia che ho accumulato negli ultimi mesi, mentre sfogliavo il giornale e leggevo le sue parole che mi riempivano di dubbi, più di quanti ne avessi già. Una risposta che non ha niente a che vedere con il disprezzo, né tantomeno con l'odio, e soprattutto non vuole dimostrare verità assolute. Da comune cittadina ho semplicemente sentito il bisogno di esprimere le mie convinzioni.

Qualche tempo fa scrissi sul mio sito una

breve lettera aperta a lei indirizzata, in cui esponevo molto sinteticamente ciò che in questo libro ripropongo con più ampio respiro. Con mia grande sorpresa la lettera fu largamente commentata dai visitatori del sito, ricevetti moltissime e-mail di incoraggiamento, lettere di giovani e meno giovani che mi raccontavano le loro esperienze. Spesso la loro impressione era che ciò che lei continua a dire si allontana pericolosamente dalla realtà in cui noi tutti viviamo.

Fossero essi credenti o laici, molti esprimevano un desiderio che oggi andrebbe più di ogni altro tutelato: condurre la propria esistenza liberamente, ignorando per quanto possibile l'ingerenza della Chiesa in merito a quelle tematiche che per il clero sono solo teoria, ma per noi sono la vita di ogni giorno.

Lei parla in nome di Dio, che è la verità in cui crede.

Io cercherò di parlarle in nome dell'amore, quello terreno, quello in cui tutti noi comuni mortali crediamo.

Io sono sfortunato, sono figlio del peccato

La vita precede il creato e l'uomo: l'uomo e con lui ogni realtà vivente è reso partecipe della vita per un gesto di amore libero e gratuito di Dio. Ogni uomo è riflesso del verbo di Dio. La vita è perciò un bene "indisponibile"; l'uomo lo riceve, non lo inventa; lo accoglie come dono da custodire e da far crescere, attuando il disegno di colui che lo ha chiamato alla vita; non può manipolarlo come fosse sua proprietà esclusiva. [...]

Davanti alla piaga dell'aborto tutti siamo chiamati a fare ogni sforzo per aiutare le donne ad accogliere la vita. [...]

Rispettare la vita significa, ancora, mettere al primo posto la persona. La persona governa la tecnica, e non viceversa; la persona, e non la ricerca o il profitto, è il fine. Chiedere l'abolizione di regole e limitazioni che tutelano la vita fin dal concepimento in nome della libertà e della felicità è un tragico inganno che produce al contrario la schiavitù e l'infelicità di chi lascia che a costruire il futuro siano da un lato i propri desideri soggettivi, dall'altro una tecnica fine a se stessa e sganciata da ogni riferimento etico. Occorre continuare un capillare e diffuso lavoro di informazione e sensibilizzazione per aiutare tutti a comprendere meglio il valore della vita, le potenzialità e i limiti della scienza, il dovere sociale di difendere ogni vita dal concepimento fino al suo termine naturale [da "Rispettare la vita", messaggio del Consiglio Episcopale Permanente per la 28ª Giornata per la vita, 5 febbraio 2006].

Quando frequentavo la seconda media, ogni mattina andavo alla fermata dell'autobus insieme a un ragazzo e una ragazza poco più grandi di me, bellissimi, lui sembrava Dylan Dog e lei una meravigliosa madonna triste. Sembravano molto innamorati, si riscaldavano nell'autobus abbracciandosi nei giorni freddi e io un pochino li invidiavo.

Poi, un giorno, scomparvero. Non li incrociai per alcune settimane e mi chiedevo cosa gli fosse successo. Non mi sembravano tipi da *fuitina*, che di solito viene messa in atto da quei ragazzi cresciuti in famiglie non proprio permissive, nati da genitori convinti che consumare un atto sessuale rappresenti, di per sé, il sigillo del matrimonio.

Cominciai dunque a pensare che fossero scappati in un luogo lontano, un luogo in cui non avrebbero più sentito freddo, un luogo bellissimo su cui i loro occhi grandi e malinconici si sarebbero poggiati e avrebbero ricominciato a vivere.

Lontano da tutti, lontano dalla realtà di provincia in cui vivevamo, in cui bastava vestirsi completamente di nero per essere giudicati dei perversi, degli interlocutori del diavolo.

Qualche settimana dopo, in autobus, sentii discutere delle ragazze; quello che scoprii era ben diverso da quello che avevo immaginato, proprio l'esatto contrario: la bella madonna triste aspettava un bambino e la sua concezione non era stata esattamente immacolata. Aveva quindici anni e il ragazzo quasi diciassette e le uniche responsabilità finora erano state svegliarsi presto la mattina per andare a scuola, cercare di rendere il massimo negli studi, cercare di trovare uno spazio libero per se stessi nel mondo. Era quello che facevo anch'io, era quello che facevamo tutti.

L'adolescenza è un periodo di grandi ideali, forse confusi ma comunque forti e sinceri, un periodo in cui l'essere umano tenta di penetrare in quella fortezza che è il mondo degli adulti e per questo si impegna a compiere imprese ben più ardue di quanto si immagini. È per questo che spesso gli adolescenti si preoccupano delle sorti del mondo, si occupano di ecologia, fanno volontariato, partecipano a manifestazioni politiche più di quanto possa mai fare un adulto.

Nonostante la forza e la responsabilità che dimostrano gli adolescenti (forza e responsabilità che spesso non vengono capite e vengono fraintese con il bisogno di apparire e di dimostrarsi più grandi di quel che si è), credo sia molto raro che a quell'età si desideri mettere al mondo dei figli. Non solo un figlio non rientra nei desideri di un adolescente, ma spesso nemmeno nelle sue capacità, soprattutto di tipo pratico e materiale ma spesso anche psicologiche.

Un adolescente desidera piacere, amare e lasciarsi amare, vivere con intensità tutte quelle piccole cose che in una giornata comune in una comune cittadina di provincia ti vengono offerte.

L'unica cosa che potevamo fare in provincia, cardinale Ruini, era amare. L'unica cosa che potesse farci sentire vivi era darsi completamente all'altro, scivolare sotto le coperte insieme, mettere lo stereo ad alto volume perché i genitori nell'altra stanza non sentissero quanto baccano faceva l'amore.

Ma c'è un fatto importante da considerare: nel nostro paesello c'erano due farmacie, e nessuna delle due disponeva di distributori automatici di preservativi. Lei potrà immaginare l'agitazione di un quindicenne che non vede l'ora di tranquillizzare i suoi ormoni ed è costretto a entrare in una farmacia per chiedere un pacco di preservativi mentre le guance gli prendono fuoco. Un quindicenne non può frenare la corsa al piacere, non può tenere chiusa la porta del desiderio, perché è nella sua natura rincorrere il piacere e desiderare le cose belle e soddisfacenti, e negare tutto questo equivale a negare la natura stessa dell'uomo che, per quanto lei possa giudicare discutibile, è talvolta un essere istintivo e poco razionale. E questo non è un sintomo di bestialità, è semplicemente uno degli ingredienti di cui è composto l'essere umano, le cui imperfezioni e fragilità non andrebbero né giudicate né mortificate, ma semplicemente accettate.

La storia della madonna triste e di Dylan Dog non finì né bene né male: la ragazza diede alla luce due gemelli, quasi costretta dalla madre contraria all'aborto. Una madre che pur di mantenere il decoro e l'onore della famiglia ha preferito fare una delle scelte più egoistiche che si possano immaginare: relegare la propria figlia all'interno di una vita non voluta, nata dal caso e dall'amore. Dopo qualche tempo scoprii che la madre della ragazza era amica di mia madre, e quindi ebbi l'opportunità di andarla a trovare, perché devo confessare che tutta quella faccenda mi incuriosiva. E se prima o poi tutto questo fosse toccato anche a me?

La trovai piuttosto abbattuta, stava attraversando una gravissima depressione post-parto che alla sua età, naturalmente, assumeva aspetti ancora più drammatici.

La ragazza non voleva quei bambini, voleva continuare a studiare, voleva fuggire via dal paese, pensava che fosse già difficile occuparsi della propria infanzia ed essere costretta a occuparsi dell'infanzia dei propri figli non faceva che acuire la sua personale difficoltà a crescere.

Oggi la madonna e Dylan vivono insieme, sempre per la pressione della madre che considerava disdicevole che sua figlia avesse dei bambini senza un padre.

E quel sogno del viaggio lontano è per sempre scomparso.

Ma questa, in fondo, è una storia a lieto fine, caro cardinale Ruini.

È una storia che ha dato inizio a una serie di domande che oggi, più di prima, si rincorrono nella mia testa.

Perché la madre della mia amica aveva deciso che la figlia dovesse tenere i bambini? Di quale diritto era stata investita? Perché pensava di poter adempire ai suoi doveri materni solo imponendo o negando scelte che la ragazza, e nessun altro, avrebbe dovuto prendere? Perché non ha rispettato il volere della figlia, i cui desideri andavano in direzione opposta rispetto a quella che è poi diventata la sua vita?

Le stesse domande vorrei rivolgerle a lei.

***

La vita umana viene prima di tutte le istituzioni: lo Stato, le maggioranze, le strutture sociali e politiche; precede anche la scienza con le sue acquisizioni.

La persona realizza se stessa quando riconosce la dignità della vita e le resta fedele, come valore primario rispetto a tutti i beni dell'esistenza, che conserva la sua preziosità anche di fronte ai momenti di dolore e di fatica [da "Rispettare la vita"].

Perché, oggi, una donna cosciente e consapevole, adulta e indipendente, quando decide che la cosa migliore sarebbe non far nascere il proprio bambino deve essere colpevolizzata e messa in croce come se fosse una spietata omicida?

Mi è spesso capitato di pensare all'aborto come a un'eventualità nella mia vita di donna e fortunatamente non ho mai dovuto prenderlo seriamente in considerazione. Ma l'idea è di per sé agghiacciante: permettere a un uomo in camice bianco di uccidere per sempre quell'abbozzo di vita che sta crescendo dentro il nostro ventre non è cosa da poco. Ospitare la morte dentro il proprio corpo è quanto di più traumatico possa capitare nella vita di una donna. La scelta non è mai presa a cuor leggero, non è mai frutto di una riflessione durata una notte. È una scelta ragionata e sofferta e, tuttavia, a volte necessaria.

Ci sono figli che vengono concepiti dall'odio e dal dolore. Figli degli stupri.

Ci sono figli che vengono concepiti dall'ignoranza e dall'inesperienza. Figli dell'adolescenza.

Ci sono figli che vengono concepiti fra le quattro mura di una casa fredda e fatiscente. Figli della povertà.

Ci sono figli che vengono concepiti dalla natura crudele che a volte fa i calcoli sbagliati. Figli delle malformazioni.

Ci sono figli che vengono concepiti da donne ammalate di AIDS. Figli dalla morte troppo probabile e dalla certa sofferenza.

Personalmente sono lieta che la legge italiana riconosca a queste madri il diritto di abortire. Ritengo si tratti di una libertà fondamentale quando una donna non desidera un figlio per uno dei motivi che ho sopra elencato, e persino di un dovere in alcuni di questi casi. Se la vita, come dice lei, deve essere vissuta con dignità, allora mi dica che forma di dignità può avere un bambino che nasce già malato di AIDS. Una madre malata non può forse dimostrare amore al proprio figlio evitando che in futuro lui patisca enormi sofferenze? Non è meglio evitare di guardare quegli occhi prima che nascano e si riempiano di orrore?

E soprattutto: la dignità del bambino precede forse la dignità della madre?

La prego, non risponda sostenendo che tutti coloro i quali sono favorevoli all'aborto alimentano la cultura della morte, perché la vera cultura della morte sta nelle guerre che ancora oggi si combattono, guerre che mettono in luce tutta la stupidità umana e tutta la violenza di cui la nostra specie è capace. All'indomani della strage di Nassirya, durante la messa del 18 novembre 2003, lei ha usato queste parole:

Con questa messa ci rivolgiamo a Dio nostro creatore e padre, onnipotente e ricco di misericordia, e gli affidiamo uno per uno questi nostri morti e le loro famiglie, ciascuno dei feriti, tutti gli italiani, militari e civili, che sono in Iraq e in altri paesi per compiere una grande e nobile missione, e con loro questa nostra amata Patria, la pace nel mondo e il rispetto per la vita umana.

Caro cardinale, la pace non contempla fra i suoi strumenti le bombe o le raffiche di mitragliatrice, che io sappia. La missione di quei malcapitati non era né grande né nobile: erano semplicemente in guerra, sarà probabilmente accaduto anche a loro di ferire o uccidere altri esseri umani, di altre religioni ma non certo meno degni di vedere la loro vita protetta. È la guerra, e non certo l'aborto nei casi permessi dalla legge, che rappresenta oggi una vera cultura della morte. È inoltre interessante leggere quel che è scritto nel *Catechismo* a proposito della pena di morte:

La legittima autorità pubblica ha il diritto e il dovere di infliggere pene proporzionate alla gravità del delitto. [...]

Se [...] i mezzi incruenti sono sufficienti per difendere dall'aggressore e per proteggere la sicurezza delle persone, l'autorità si limiterà a questi mezzi, poiché essi sono meglio rispondenti alle condizioni concrete del bene comune e sono più conformi alla dignità della persona umana.

Oggi, infatti, a seguito delle possibilità di cui lo Stato dispone per reprimere efficacemente il crimine rendendo inoffensivo colui che l'ha commesso, senza togliergli definitivamente la possibilità di redimersi, i casi di assoluta necessità di soppressione del reo «sono ormai molto rari, se non addirittura praticamente inesistenti» [*Catechismo della Chiesa Cattolica*, 2266, 2267].

E se i mezzi incruenti non fossero sufficienti? Che cosa accadrebbe, cardinal Ruini? Lo si legge allo stesso punto 2267:

L'insegnamento tradizionale della Chiesa non esclude, supposto il pieno accertamento dell'identità e della responsabilità del colpevole, il ricorso alla pena di morte, quando questa fosse l'unica via praticabile per difendere efficacemente dall'aggressore ingiusto la vita di esseri umani.

Le guerre e le pene disumane sono un inno alla morte, non l'aborto.

***

Una cosa che nel compendio del *Catechismo* mi ha molto colpito è che rientra nei limiti della moralità la regolazione delle nascite utilizzando metodi naturali quali la continenza periodica e il ricorso ai periodi infecondi. La Chiesa considera immorale, infatti, qualsiasi metodo contraccettivo meccanico o ormonale.

Ma mi chiedo: se lo scopo è quello di limitare le nascite, allora perché i metodi naturali sono più morali e dignitosi dei metodi meccanici? Se la regolazione delle nascite è un problema che anche la Chiesa sente, quale differenza intercorre fra la pillola contraccettiva, o il preservativo, e il ricorso al metodo di Ogino-Knaus? Il *Catechismo*, al punto 2370, dice infatti:

[...È] intrinsecamente cattiva «ogni azione che, o in previsione dell'atto coniugale, o nel suo compimento, o nello sviluppo delle sue conseguenze naturali, si proponga, come scopo o come mezzo, di impedire la procreazione».

Utilizzare i metodi naturali non è un'azione siffatta?

Secondo il *Compendio*, inoltre, si può ricorrere ai metodi naturali solo se i motivi per cui non si vuole concepire un figlio sono seri e non egoistici. Ma se i motivi sono così seri da indurre a pensare che fare un figlio in certe condizioni metta a rischio sia la vita dei genitori che quella del nascituro, allora non è forse meglio invitare a utilizzare metodi più sicuri e assolutamente privi di effetti collaterali? Mi riferisco al preservativo, oppure al diaframma o alla spirale. Il preservativo, come tutti sanno bene, è anche una delle difese più efficaci dalle malattie a trasmissione sessuale, che vanno dalla più semplice candida vaginale alla ben più pericolosa e fatale AIDS.

Pensa, dunque, che la moralità sia più importante della salute e della vita stessa?

Non crede che in posti come l'Africa un corretto uso del preservativo ridurrebbe non solo il numero di vittime dell'AIDS ma anche della fame e delle condizioni disagiate, visto l'altissimo tasso di natalità?

Ma non è necessario andare fino in Africa. Possiamo anche restare in Europa, in Italia, a Catania, dove ho visto chissà quante ragazzine rimanere incinte solo per ignoranza. E se il preservativo fosse più diffuso e tollerato non crede, cardinale Ruini, che si eviterebbero tante gravidanze indesiderate e, quindi, tanti dolorosi aborti?

***

Se, da un lato, la Chiesa promuove la vita e invita gli uomini e le donne a procreare, dall'altro non può fare a meno di ricordare che l'inseminazione e la fecondazione artificiale sono immorali perché

Dissociano la procreazione dall'atto con cui gli sposi si donano mutuamente, instaurando così un dominio della tecnica sull'origine e sul destino della persona umana. Inoltre l'inseminazione e la fecondazione eterologa, con il ricorso a tecni-

che che coinvolgono una persona estranea alla coppia coniugale, ledono il diritto del figlio a nascere da un padre e da una madre conosciuti da lui, legati tra loro dal matrimonio e aventi il diritto esclusivo di diventare genitori soltanto l'uno attraverso l'altro [*Catechismo della Chiesa Cattolica. Compendio*, 499].

E qui, caro cardinale, non posso fare a meno di notare una grossa contraddizione: se la Chiesa promuove la vita nascente e invita alla procreazione e afferma che i figli sono un *dono di Dio*, il ricorso a tecniche scientifiche non asseconda forse l'invito della Chiesa, facendo nascere così più figli (voluti fortemente e desiderati) di quanto la natura potrebbe far nascere? Quei figli così a lungo agognati da quelle coppie sterili non sono forse anche loro un dono di Dio? Non crede che le donne che ricorrono alla fecondazione assistita lo facciano perché non vogliono rinunciare alle gioie della maternità, gioie che sono state loro negate dalla natura? Non crede che un figlio nato dalla provetta sia più desiderato di un figlio nato dal caso e per nulla atteso?

Devo ammettere di essere rimasta assai stupita quando, qualche mese fa, il referendum sulla fecondazione assistita si risolse in un clamoroso flop. Credo che i motivi fossero tanti: intanto, troppa confusione generata dai mezzi di comunicazione che parlavano troppo e male del problema, discutendone in maniera superficiale e faziosa. Io stessa non capii molto di quello che la televisione raccontava; mi informai per i fatti miei e finalmente mi resi conto di cosa fosse questa benedetta fecondazione assistita.

Dall'altro lato c'era la Chiesa, che spingeva i cittadini di uno Stato laico all'astensione; si sa quanta influenza il cattolicesimo abbia nel nostro paese, e non mi stupisce che gli italiani abbiano seguito il suo consiglio (perché lei, Ruini, ha militato molto contro la fecondazione assistita) in un momento di profonda confusione culturale in cui nessuno, a partire dai leader politici, era capace di dare direttive e pareri diversi da quelli che dava la Chiesa Cattolica.

La mia indignazione va verso il governo e lo Stato italiano che hanno permesso che la Chiesa fosse quasi la sola a occuparsi di una questione che avrebbe dovuto riguardare solo gli elettori e lo Stato stesso.

Anche se difendo il diritto di ricorrere alla fecondazione assistita, un diritto che non lede la moralità e la dignità di nessuno (nemmeno del bambino; forse anche lei pensa che per un bambino che cresce nell'amore e nell'affetto non sia importante in che modo sia stato concepito) e che contribuisce alla felicità di molti esseri umani, personalmente credo che se un giorno scoprissi di non potere avere figli la prima cosa che penserei di fare sarebbe adottare un bambino, piuttosto che farne uno nuovo. La Chiesa, a quanto leggo nel *Catechismo*, non disapprova certo l'adozione:

Qualora il dono del figlio non fosse loro concesso, gli sposi, dopo aver esaurito i legittimi ricorsi alla medicina, possono mostrare la loro generosità mediante l'affido o l'adozione, oppure compiendo servizi significativi a favore del prossimo. Realizzano così una preziosa fecondità spirituale [2379].

Tuttavia sembra non incoraggiarla particolarmente: la ritiene subordinata all'aver «esaurito i legittimi ricorsi alla medicina». Siamo così tanti, caro cardinale: è davvero giusto mettere al mondo nuove vite, quando ne esistono molte altre abbandonate, che si trascinano in condizioni spesso disumane? Se si proclama tanto favorevole alla vita, perché non incita le coppie (anche se fertili) ad adottare figli piuttosto che a concepirne di nuovi?

Quando una nuova vita nasce, un bambino orfano ha meno possibilità di essere amato da una vera famiglia. Meno bambini vengono adottati, più bambini sia occidentali che dei paesi più poveri muoiono o vivono in condizioni estremamente disagiate. Essendo donna, ho anch'io un fortissimo desiderio di maternità; ciononostante, penso che nel momento in cui deciderò di fare un figlio mi riterrò capace di un potere infinito e prepotente: il potere di dare la vita, di imporla perché a un certo punto ho sentito il bisogno di diventare madre. Perché, invece, non diventare madre di quei bambini che sono già al mondo? Forse un bambino che non ha il mio sangue nelle vene avrebbe meno probabilità di essere amato? Io credo che amerei indistintamente un figlio, sia esso nato dal mio corpo, o il frutto di una lunga ed estenuante trafila burocratica (sono certa che concorderà: è vergognoso che in Italia stia diventando sempre più difficile adottare un bambino).

Non è forse meglio, caro Ruini, salvare quei bambini che esistono già, piuttosto che salvare solo quelli che devono ancora venire condannando così duramente l'aborto? Non è più umano, più cristiano, più misericordioso?

***

Nessuno può dirsi padrone e signore assoluto della vita propria, a maggior ragione di quella altrui. Rispettare la vita, in questo contesto, signi-

fica anche fare tutto il possibile per salvarla [da "Rispettare la vita"].

Alle elementari ho frequentato una scuola cattolica. Il proprietario e direttore era padre Giuliano, che veniva a farci catechismo tutte le mattine. La sua lunga tunica nera mi metteva paura, ero convinta che di notte lui diventasse Zorro e che sotto l'abito talare nascondesse un fucile pronto a fare fuoco se fossimo stati cattivi.

Una mattina, sull'immensa lavagna nera scrisse con il gessetto la parola «IO» e disse lentamente: «Da oggi in poi dovrete cancellare dal vostro vocabolario la parola "io" e sostituirla con "Dio"», quindi tracciò un'enorme D prima della I e ci guardò con la faccia seria e un ghigno sottile che gli scendeva giù per le labbra.

Io avevo sette anni e cominciai a tremare.

Quando tornai a casa lo raccontai subito a mia madre e le chiesi perché non potessi più usare la parola "io", che era una delle parole a cui ero più affezionata. Ero terrorizzata.

Mia madre alzò le spalle e mi disse di non prestargli attenzione, che avrei potuto usare le parole "io", "me" e "mio" tutte le volte che avrei voluto, che né lei né Dio si sarebbero arrabbiati.

«Tu sei padrona di te stessa, Melissa», mi disse mentre mi allacciava le scarpe, «e nessun altro. Dio ci guarda, ma non è il nostro padrone. Nessun uomo dovrebbe avere un padrone, è forte abbastanza per cavarsela da solo».

Ma io non le credevo. A scuola mi avevano detto che per ogni cosa sbagliata che facevo Dio stava lì, a guardarmi e a giudicarmi, e nel caso a punirmi.

Poi, quando diventai più grande e cominciai a fidarmi più delle parole di mia madre che di quelle del terribile padre Giuliano, cominciai a pensare che chiunque dica che gli uomini devono essere gestiti da qualcun altro è solamente un uomo che ha paura.

Quindi, caro cardinale Ruini, perché non rispettare le scelte di una donna o di una coppia che decidano autonomamente di avere un figlio imboccando strade alternative (che sia l'adozione o la fecondazione assistita), o di non averne affatto? O di salvare i propri figli dagli orrori del mondo, da una vita indegna? O di salvare se stessi da una vita infelice che non hanno in alcun modo scelto? Pensare che l'essere umano non sia in grado di fare delle scelte e di gestire la propria esistenza è come svilire la vita, non credere in essa.

Me l'ha detto mia madre, tanto tempo fa.

Donne e uomini di tutto il mondo, unitevi!

C'è una diffusa tendenza a depotenziare il valore dell'istituto del matrimonio assimilando ad esso altri tipi di unioni e convivenze, con il risultato che il matrimonio non viene più percepito come espressione e garanzia della natura stessa dell'amore umano, ma come frutto di convenzioni e accordi facilmente modificabili [...]. Alla fragilità e instabilità interna di molte unioni coniugali si assomma infatti la tendenza, diffusa nella società e nella cultura, a contestare il carattere unico e la missione propria della famiglia fondata sul matrimonio.

È un processo che sta conducendo l'uomo contemporaneo verso una china pericolosa, che ha come principale indicatore la difficoltà a riconoscere e vivere l'esperienza fondamentale dell'amore in tutte le sue dimensioni: coniugale, genitoriale, filiale, solidale [Camillo Ruini, da «la Repubblica», 26 novembre 2005].

Il matrimonio, quindi, è un'istituzione sacra, voluta da Dio sin dall'inizio della creazione. Esso pertanto gode di dignità naturale ancor prima di essere illuminato dalla rivelazione e di essere accolto nella fede: l'uomo e la donna sono chiamati a unire le loro vite in un amore totale, attraverso un'alleanza che li rende «una sola carne» (Gn 2,24). Tale unione, frutto del loro amore, li costituisce in una relazione che è «a immagine di Dio» (Gn 1,27) ["Matrimoni tra cattolici e musulmani in Italia", documento ufficiale della CEI, 29 aprile 2005].

Mia madre si sposò all'età di diciotto anni. Al suo matrimonio indossava un meraviglioso vestito giallo di organza, a testimoniare il fatto che lei credeva poco nella forma, che non aveva bisogno di portare un vestito bianco per dimostrare la sua purezza.

Mio padre aveva ventiquattro anni e pochi chili. In tutte le foto del matrimonio si vede una mosca placidamente appollaiata sulla sua spalla. Ogni volta che la guardo mi chiedo quale sia stata la sua fine: schiacciata da un battere di mani? Soffocata da un insetticida? Divorata da un ragno?

Ogni volta che guardo quella mosca mi piace pensare che la sua morte abbia coinciso con la morte dell'amore fra i miei genitori. Un insetto, l'unico testimone di un amore. E sì che una mosca non vive a lungo, e anche l'amore fra i miei genitori ebbe vita breve, anche se il matrimonio durò vent'anni.

Un matrimonio tradizionale, a parte il vestito giallo: le lacrime dei genitori degli sposi, il riso, il banchetto, le bomboniere, i confetti, le foto. Un compito da svolgere, più che una celebrazione dell'amore.

Il fatto è che oggi sono pochi a credere che il matrimonio sia il salvavita dell'amore, poiché basta mettere il naso fuori di casa per rendersi conto di quanti matrimoni celebrati con rito religioso si rompano (circa ottantamila separazioni e quarantaduemila divorzi nel 2002, e il dato è in continua crescita).

Il matrimonio celebrato in chiesa ha, di per sé, diverse verità.

La prima verità è che gli sposi credono genuinamente in Dio e nella sua facoltà di unire un uomo e una donna.

La seconda verità è che gli sposi si improvvisano cattolici per un giorno, dimenticando che l'ultima volta che sono entrati in chiesa è stata per la celebrazione della propria cresima.

La terza verità, più triste e più vera di tutte, è che spesso e volentieri gli sposi guardano al matrimonio come a un'occasione che consente loro di essere protagonisti per un giorno.

L'acquisto del vestito bianco, la possibilità di essere truccate da un visagista e acconciate da un parrucchiere sono cose che rendono felici quel tipo di donne che vivono tutta la vita dietro le quinte e non aspettano altro che di sposarsi per dire al mondo intero: sì, ci sono anch'io.

Nella mia breve vita ho assistito a matrimoni che potevano dirsi celebrativi di molte cose, eccetto che dell'amore.

Io ho ventisei cugini di primo grado (sarà contento, la mia famiglia è assai prolifica!), tutti sposati con rito religioso. La metà di loro non conosce nemmeno il Padre Nostro, eppure vedeva il matrimonio come unica occasione per uscire di casa, perché «non sta bene uscire di casa senza essere sposati».

Ho dunque assistito a ventisei matrimoni nella mia infanzia. Una volta mi chiesero pure di fare la damigella e io acconsentii, a patto di vestirmi come volevo: entrai in chiesa con un vestito di velluto nero e delle rose rosse in testa. Avevo sei anni.

Quello che vedevo a questi matrimoni mi divertiva e mi sconcertava.

Il giorno prima tutte le donne della famiglia si riunivano nella casa dei futuri sposi e si apprestavano a fare la cosiddetta *cunzata di letto*: bisognava infilare sotto le lenzuola gli oggetti più disparati (dalle caffettiere al pesce fresco) di modo che gli sposini avrebbero prima dovuto liberare il letto da tutto quel ciarpame e poi, finalmente, avrebbero potuto consumare il proprio matrimonio.

La *cunzata* mi divertiva moltissimo, perché era una cosa cinica e cattiva e io da bambina lo ero molto. Mi appollaiavo su una poltrona e guardavo le donne più grandi infilare grattugie, spazzole e martelli fra le lenzuola. Che bellezza.

Il giorno dopo la sposa si svegliava prestissimo, veniva subito truccata, acconciata e vestita, e poi arrivava il fotografo che scattava le prime foto dentro la sua casa da "signorina". Immortalava i genitori e i fratelli della sposa, quindi partiva verso la chiesa, dove già un bel gruppo di persone attendevano fuori appropriatamente vestite truccate e acconciate.

Più povera era la famiglia e più soldi spendeva. Più piccole erano le loro case e più sontuosi e pacchiani erano i ristoranti che sceglievano per il rinfresco.

Durante la messa, quasi nessuno rimaneva dentro la chiesa: tutti uscivano a fumare oppure pigliavano la macchina e andavano direttamente al ristorante, che era la cosa che davvero interessava i parenti.

Al ristorante, però, toccava aspettare ben cinque ore prima di mangiare, perché dopo la messa i neosposi dovevano lasciarsi fotografare in pose romantiche davanti a paesaggi romantici. Quell'attesa era estenuante, soprattutto per quelli che avevano accettato l'invito al solo scopo di consumare il pranzo gratis.

Gli sposi facevano poi il giro dei tavoli per ringraziare gli invitati dei regali (quasi sempre orribili cornici d'argento o inutili servizi da tè) e poi tagliavano la torta mentre un grassone già ubriaco si alzava dal tavolo e urlava «Bacio! Bacio! Bacio!», per soddisfare finalmente la sua sete di voyeurismo.

Si distribuivano i confetti e le bomboniere, mentre si cercava di fare lo slalom fra i gruppi di bambini pestiferi che correvano da una parte all'altra del ristorante, con le giacchette sudate e i papillon ormai sciupati.

La prima cosa che mi chiedevo alla fine della festa era se gli sposi avrebbero trovato le energie per fare sesso, quella notte. La seconda cosa era: ma era tutto così necessario?

Quello spreco di energie, di soldi, era davvero la celebrazione dell'amore? Quella messa finta, che aveva solo fornito l'alibi per la festa, era davvero il sigillo dell'amore dei due sposi?

Evidentemente no, dal momento che dodici dei miei cugini hanno divorziato.

E anche i miei genitori hanno divorziato.

***

Di fronte a una persistente crisi della natalità i legislatori dovrebbero preoccuparsi maggiormente di sostenere la famiglia legittima piuttosto che dare un riconoscimento giuridico pubblico alle unioni di fatto.

Le varie forme odierne di dissoluzione del matrimonio, come le unioni libere e il "matrimonio di prova", fino allo pseudo-matrimonio tra persone dello stesso sesso, sono invece espressioni di una libertà anarchica, che si fa passare a torto per vera liberazione dell'uomo. Una tale pseudo-libertà si fonda su una banalizzazione del corpo, che inevitabilmente include la banalizzazione dell'uomo [Prolusione del cardinale Camillo Ruini, Consiglio Episcopale Permanente, 19 settembre 2005].

Se ho scelto di non sposarmi non è perché sono stata delusa dalla lunga serie di fallimenti nella mia famiglia, ma è perché non credo in Dio e nel fatto che solo lui possa unirmi alla persona che amo.

Caro cardinale Ruini, non pensa anche lei che l'unica cosa che unisce sia l'amore e che né i contratti né il matrimonio possono essere pari a questa forza così grande che ci costringe a stare insieme? Ho scelto tre anni fa di vivere insieme al mio compagno, e la vita che conduciamo è assai simile a quella di molte coppie sposate. Solo che noi non abbiamo stipulato alcun contratto, non abbiamo fatto alcuna festa, non abbiamo ostentato il nostro amore in alcun modo; ci siamo limitati a viverlo e a donarcelo. Come può Dio non accettare un'unione simile? Se Gesù diceva di amarci l'un l'altro, come può biasimare la scelta che ho fatto io e che hanno fatto milioni di persone su questa terra?

Se Dio è ovunque, magari è anche a casa mia e si sta rendendo conto che pure la sottoscritta, dopotutto, è capace di amare.

Non crede che ufficializzarla non rafforzi di per sé un'unione, non rinsaldi il sentimento? In specie se, come accade nella gran parte dei casi, i due sposi all'altare non sono sinceramente disposti a sottoscrivere quel che il prete dice, e a malapena sanno recitare le preghiere?

Se le unioni di fatto rappresentano un grave rischio per la società, sarei davvero curiosa di conoscere di che rischio si tratta perché, per quel che mi riguarda, non mi sembra di aver messo in pericolo l'intera società con la mia storia d'amore. Semmai è la mia storia d'amore ad essere messa continuamente a rischio dalla società.

Io credo davvero che amare liberamente sia la forma più alta di libertà, e che le unioni libere, le convivenze, le coppie di fatto non ledano la dignità di chi preferisce questo tipo di rapporto né quella di coloro che scelgono il matrimonio come sigillo alla propria unione. Non riesco a non pensare che, qualsiasi forma assuma, l'amore non è mai contrario alle leggi naturali, e che la natura ordina il mondo seguendo le leggi dell'amore. Non crede che sia un'ingiustizia parlare di anarchia e chiedere alle autorità di sostenere solo i matrimoni tradizionali, a discapito di milioni di persone che hanno deciso di amarsi liberamente? Non crede che negare alcune delle sue forme sia tagliare le radici più profonde dell'amore?

Durante gli anni dell'asilo frequentavo una scuola di suore francescane, donnine piccole e simpatiche che hanno posto le basi della mia educazione. Un giorno chiesi a suor Lucia se non sentisse la mancanza di un uomo al suo fianco, se non sentisse il desiderio di sposarsi.

«Ma cara, io sono sposa del Signore!», disse.

Questa risposta mi è sempre sembrata incomprensibile. Posso capire l'amore che si può provare nei confronti del Signore, ma se mi è permesso dirlo, al Signore non bisogna preparare la cena alla sera, non gli si devono stirare le camicie, non gli si lava le mutande, il Signore non guarda per strada le altre donne. Il Signore non si ammala gravemente e non va all'ospedale così come accade a molti uomini e a molte donne. Se il mio compagno avesse un brutto incidente e finisse in coma, il permesso di visitarlo potrebbe essermi negato per vari motivi dalla direzione dell'ospedale, perché secondo la legge italiana io non occupo alcun posto nella sua vita.

Vorremmo tanto adottare un bambino, ma per farlo dovremmo prima sposarci, vivere da marito e moglie per almeno tre anni e poi, finalmente, fare richiesta di adozione. Forse, mi chiedo, una coppia sposata offre più garanzie a un bambino? Le coppie sposate non possono forse sciogliersi allo stesso modo delle coppie non sposate?

So che le difficoltà di cui parlo non dipendono tanto da lei quanto dallo Stato, ma sono sicura che se lei volesse potrebbe metterci una buona parola.

Lo faccia in nome di quella cosa che si chiama amore.

***

Oggi, in molti paesi, sono numerosi i cattolici che ricorrono al divorzio secondo le leggi civili e che contraggono civilmente una nuova unione. La Chiesa sostiene, per fedeltà alla parola di Gesù Cristo («Chi ripudia la propria moglie e ne sposa un'altra commette adulterio contro di lei; se la donna ripudia il marito e ne sposa un altro, commette adulterio», Mc 10,11-12), che non si può riconoscere come valida una nuova unione, se era valido il primo matrimonio. Se i divorziati si sono risposati civilmente, essi si trovano in una situazione che oggettivamente contrasta con la legge di Dio. Perciò essi non possono accedere alla Comunione eucaristica, per tutto il tempo che perdura tale situazione. Per lo stesso motivo non possono esercitare certe responsabilità ecclesiali. La riconciliazione mediante il sacramento della Penitenza non può essere accordata se non a coloro che si sono pentiti di aver violato il segno dell'Alleanza e della fedeltà a Cristo, e si sono impegnati a vivere in una completa continenza [*Catechismo della Chiesa Cattolica*, 1650].

Caro cardinale Ruini, per quel che mi riguarda non ho alcuna voglia di sposarmi, né ora né in futuro. Ma se ciò dovesse accadere, mio malgrado, so già che il divorzio potrebbe presentarsi come un'eventualità. Ma ammettiamo, per amor di discussione, che io e l'uomo che amo decidessimo di sposarci in Chiesa. Se volessi poi separarmi dall'uomo che ho sposato, avrei due possibilità, come lei ben sa: tentare di ottenere l'annullamento attraverso la Sacra Romana Rota o il divorzio civile. La scelta di ricorrere a una modalità di separazione piuttosto che a un'altra non sarà di certo presa a caso. Se decidessi, infatti, di annullare il mio matrimonio, renderei nulli anche gli anni o i mesi passati insieme al mio coniuge, come se lui non fosse mai esistito nella mia vita. E, cosa più importante, se si ottiene l'annullamento si ha la possibilità di intraprendere una causa civile per ottenere l'esenzione dall'obbligo di versare i cosiddetti "alimenti" al coniuge più debole, fatta eccezione per i figli, che continuano a rimanere a carico di entrambi i genitori fino alla maggiore età. Se quindi dovessi scegliere l'annullamento (penso, infatti, che opterei per questo, perché passare gli alimenti al mio ex sarebbe una cosa poco conveniente per me), non solo potrei risposarmi come donna libera da precedenti relazioni, ma potrei anche accedere alla comunione negata ai divorziati (sempre ammettendo che io fossi cattolica). Non riesco a non notare delle contraddizioni in tutto questo: se per la Chiesa il matrimonio è indissolubile e il divorzio contrario alle leggi di Dio, perché l'annullamento è invece concesso proprio dai funzionari ecclesiastici? E perché un individuo credente e divorziato per ottimi motivi non può più ricevere quella stessa comunione che riceve un individuo credente e separato in virtù dell'annullamento? Lei dirà che l'annullamento si ottiene solo in casi eccezzionali e per motivi di particolare gravità. Ma è davvero così? Molti casi mi suggeriscono il contrario, ad esempio questo:

Il Tribunale Ecclesiastico Regionale del Lazio ha pronunciato la dichiarazione di nullità del matrimonio contratto tra G.D e F.P. e la sentenza è stata confermata, in grado di appello, dal Vicariato di Roma. Il motivo della dichiarazione di nullità è stata l'esclusione del bonum sacramenti, *ossia l'esistenza di una riserva mentale sulla indissolubilità del vincolo. Infatti, G.D. aveva espresso ad alcuni conoscenti le sue perplessità in relazione ai difficili rapporti interpersonali con la futura moglie che egli riteneva troppo "dipendente" dai genitori, affermando anche che, se la futura moglie non fosse cambiata dopo il matrimonio, egli avrebbe chiesto il divorzio. Costituendo tale intenzione una riserva mentale sulla indissolubilità del vincolo matrimoniale, il Tribunale Ecclesiastico ha dichiarato nullo il matrimonio e, come detto, il Vicariato ha confermato la sentenza* [Anna Teresa Paciotti, <www.studiolegalelaw.it>].

Perché, dunque, una "riserva mentale" dovrebbe costituire un motivo di separazione più valido di quelli che portano ai divorzi civili? Forse chi divorzia perché uno dei due coniugi si dimostrava violento e aggressivo non ha un buon motivo per farlo? Perché un individuo che ha un'esperienza alle spalle come quella di G.D. o F.P. può ricevere ancora la comunione, mentre chi divorzia per violenze psicologiche o fisiche, o altri fatti gravi, può vedersi negato, in quanto cattolico, quello stesso diritto?

Se il matrimonio è indissolubile davanti agli occhi di Dio, ma la Chiesa accetta che due persone annullino il loro patto, allora perché le conseguenze del divorzio sono talmente gravi? Morire senza comunione non è forse più pericoloso, per Dio e per i precetti della Chiesa, che divorziare e risposarsi per amore?

Per quanto la Sacra Rota possa annullare un matrimonio, non si può di fatto negare che questo sia stato contratto e abbia legato per un certo periodo un uomo e una donna. Allora perché questi individui possono risposarsi e accedere alle funzioni domenicali, mentre a coloro che divorziano si dice che un nuovo matrimonio costituirebbe adulterio nei confronti del coniuge precedente? Quando un matrimonio finisce, qualsiasi modalità di separazione si intraprenda, si può incorrere nella possibilità (sempre molto alta) di rivivere una storia d'amore e di ricrearsi una famiglia. Se queste sono scelte d'amore, come può Dio biasimarle?

Io sono figlia di genitori separati e devo confessarle che non ho mai sofferto per questo. La mia famiglia è sempre stata molto unita, sebbene ci fossero molte incomprensioni. Quando i miei genitori si separarono mi ricordo che mi sentii sollevata: ero stanca di vederli litigare, stanca di essere tirata in ballo nei loro litigi e soprattutto mi ero stancata di fare da collante in una famiglia che aveva perso la sua unità e si era frantumata in tante piccole tessere di mosaico. Mia madre e mio padre non si amavano più, provavano rancore l'uno nei confronti dell'altra, non si capivano e vivevano in due mondi diversi, lontanissimi fra loro.

E oggi sono contenta che entrambi si siano rifatti una vita, mio padre con una nuova compagna e mia madre felicemente sola.

Non crede sia necessario, oggi più che mai, promuovere l'amore e non imporgli dei veti? Non crede che la Chiesa per prima potrebbe invitare gli uomini e le donne che si amano a realizzare come vogliono la pienezza del loro amore? Non crede che i sentimenti siano una faccenda più seria e importante dei contratti stipulati?

***

Se infatti circa il matrimonio non mancano punti di convergenza tra islam e cristianesimo, numerose e significative sono le differenze [...].

L'esperienza mostra come sia rilevante, per esempio, la scelta del luogo di residenza della futura coppia e la fondata previsione di restarvi nel futuro: lo stabilirsi in Italia, o comunque in occidente, offre al vincolo matrimoniale (e alla parte cattolica in particolare) maggiori garanzie, che invece nella maggior parte dei casi vengono meno quando la coppia si trasferisce in un paese islamico. Tali elementi pratici dovranno essere tenuti accuratamente presenti in ordine alla concessione alla parte cattolica della dispensa dall'impedimento dirimente di disparitas cultus *(can. 1086).*

In breve, l'esperienza maturata negli anni recenti induce in linea generale a sconsigliare o comunque a non incoraggiare questi matrimoni, secondo una linea di pensiero significativamente condivisa anche dai musulmani. La fragilità intrinseca di tali unioni, i delicati problemi concernenti l'esercizio adulto e responsabile della propria fede cattolica da parte del coniuge battezzato e l'educazione religiosa dei figli, nonché la diversa concezione dell'istituto matrimoniale, dei diritti e doveri reciproci dei coniugi, della patria potestà e degli aspetti patrimoniali ed ereditari, la differente visione del ruolo della donna, le interferenze dell'ambiente familiare d'origine, costituiscono elementi che non possono essere sottovalutati né tanto meno ignorati, dal momento che potrebbero suscitare gravi crisi nella coppia, sino a condurla a fratture irreparabili ["Matrimoni tra cattolici e musulmani in Italia", documento ufficiale della CEI, 29 aprile 2005].

Certo, una donna adultera non viene lapidata a Roma così come invece può accadere in Nigeria. Ma se il cattolicesimo non prevede la lapidazione, non nega sicuramente una forma di punizione, anche psicologica.

D'altra parte bisogna tener presente che nei paesi musulmani esistono due tipi di donne: quelle che scelgono di indossare il velo perché fedeli alla loro religione e quelle a cui invece viene imposto. Se una donna cristiana decide di sposare un musulmano, ha due possibilità: o continuare a professare la sua fede, oppure convertirsi all'islam seguendo il marito. Ma non è certo detto, in nessuno dei due casi, che il suo ruolo sarebbe quello di una moglie succuba e timorata: questo, infatti, non è solo un pregiudizio verso i fedeli islamici (ne esistono di moderati e di fondamentalisti, come i cattolici), ma è pure un pensiero tipico di tutti coloro che mancano di esperienza in faccende di cuore: tutte le coppie, siano esse cattoliche, musulmane, atee o miste riescono a trovare dei compromessi e convivere con le loro differenze. O almeno è così in linea di massima...

Insomma, se una donna cristiana decide di trasferirsi in oriente insieme al marito musulmano, io penso che sia abbastanza responsabile e matura da poter compiere il passo seguendo unicamente la sua sensibilità.

Non si può inoltre ignorare il fatto che molte coppie miste che vedono la loro nascita in occidente, rimangono a vivere lì dove si sono inizialmente formate. Raramente una coppia che si è formata in Italia sceglie poi di trasferirsi altrove, in un paese islamico. E quando ciò accade, non pensa anche lei che la loro decisione andrebbe rispettata, e che fino a prova contraria la si dovrebbe ritenere una scelta ragionata fatta da adulti consenzienti? Non crede che i matrimoni misti possano favorire il dialogo interreligioso, possano permettere di superare le barriere e uccidere dei pregiudizi? E non crede che tante unioni abbiano di fatto importanti *disparitas* al loro interno? Io, ad esempio, sono catanese e il mio compagno inglese: una *disparitas* di tutto rispetto. E non è una battuta!

A volte riesco solo a fatica a sedare il sospetto che a lei, cardinale Ruini, non è che importi molto se una cattolica si sposa con un musulmano o viceversa. Stento a credere che il suo sia un consiglio di carattere morale e teologico. Temo, piuttosto, che la sua missione non differisca poi tanto da quella di molti politici: garantirsi il voto degli elettori; che la Chiesa abbia paura che una coppia costituita da un cattolico e da un musulmano educhi i futuri figli alla religione islamica piuttosto che a quella cristiana: meno cattolici uguale più instabilità della Chiesa e delle sue istituzioni. Ma continuo a trovare strano che un uomo come lei, che ama e tutela la vita nascente, *sconsigli fortemente* a queste coppie di legarsi e di mettere al mondo dei figli: i figli sono figli, la vita umana è la vita umana e poco importa la religione a cui questi figli apparterranno. O sbaglio, forse?

***

Sarà perché in questi giorni lei e la lettera che le sto scrivendo stanno occupando gran parte del mio tempo e dei miei pensieri, stanotte ho fatto questo sogno:

Mi trovavo nella mia città, Catania, ed ero insieme a mia nonna in una casa vuota e distrutta. Ma stavamo bene, eravamo rannicchiate sul cemento e cucivamo dei maglioni per mio nonno. All'improvviso la luna diventò enorme e venne oscurata dal sole. Il cielo si colorò di viola e la terra fu scossa da singhiozzi: era come se tutta la natura respirasse. Mia nonna fu portata via da quattro cavalli dorati e riuscii a sentire da lontano la sua risata.

Dopo un po' di tempo mi venne incontro un uomo di cui non ricordo il volto né l'aspetto, ma che diceva di essere musulmano e voleva sposarmi. Non mi ricordo perché dissi di sì, ma ero piuttosto convinta. Quando chiesi all'arcivescovo Bommarito il permesso di sposare il musulmano il sogno improvvisamente svanì: una delle mie gatte mi stava mordendo un piede.

Certo, questo sogno è tanto azzeccato che sembra finto; ma devo ammettere che mi ha giovato per dar forza ai miei dubbi... Mi chiedo che sarebbe successo se avessi continuato a sognare. Cosa mi avrebbe detto monsignor Bommarito? Forse mi avrebbe risposto «La *disparitas cultus* è troppo profonda, ti sconsiglio di sposarti»?

Non sarebbe meglio, caro cardinal Ruini, che ognuno decida e disponga della sua vita affettiva e familiare come crede? Non è forse dalla sensibilità di ogni uomo e ogni donna che possono nascere le soluzioni di tutti i problemi? Non crede che pensare il contrario equivalga a trattarci da stupidi, che non sanno quello che fanno? A svilire la vita e la natura umana?

Questo mi trovo a ripeterlo per la seconda volta: lo ripeterò finché non sarà terminata questa mia breve ma sentita lettera.

Il lato B
delle cose

Anzitutto dobbiamo avere un grande rispetto per queste persone, che soffrono anche e che vogliono trovare un loro modo di vivere giusto. D'altra parte, creare ora la forma giuridica di una specie di matrimonio omosessuale, in realtà, non aiuta queste persone [Joseph Ratzinger, intervista rilasciata a M. Politi, «la Repubblica», 19 novembre 2004].

Non esiste fondamento alcuno per assimilare o stabilire analogie, neppure remote, tra le unioni omosessuali e il disegno di Dio sul matrimonio e la famiglia. Il matrimonio è santo, mentre le relazioni omosessuali contrastano con la legge morale naturale. Gli atti omosessuali, infatti, «precludono all'atto sessuale il dono della vita. Non sono il frutto di una vera complementarietà affettiva e sessuale. In nessun modo possono essere approvati» (Catechismo della Chiesa Cattolica, *2357)* [Congregazione per la Dottrina della Fede, "Considerazioni circa i progetti di riconoscimento legale delle unioni tra persone omosessuali", 3 giugno 2003; documento firmato da Joseph Ratzinger, prefetto, e Angelo Amato, S.D.B., arcivescovo titolare di Sila, segretario].

Conosco Matteo da una vita. Quand'ero piccola, entrare nella sua stanza era come entrare nel paese delle meraviglie. Possedeva una teca enorme con centinaia di videocassette di cartoni animati, li comprava tutti per me. Mi accomodavo sul suo letto morbido, che amavo più di qualsiasi altra cosa, e passavo pigramente le ore del pomeriggio a guardare le gesta di Biancaneve e Cenerentola. Lui conosceva tutte le canzoni dei miei cartoni animati preferiti e le cantava apposta per me.

Matteo non aveva mai avuto una fidanzata e io mi chiedevo il perché. Era bello Matteo, biondo con gli occhi azzurri, e il suo corpo sembrava panna montata per quanto era morbido e aggraziato. Cucinava benissimo, non era raro che durante un episodio di Bugs Bunny mi portasse a letto enormi fette di torta al cioccolato.

Quando il tempo dei cartoni terminò io e Matteo rimanemmo buoni amici. Lui leggeva le cose che io scrivevo e io cominciavo a capire perché non mi avesse mai presentato una ragazza.

Caro cardinale Ruini, avrà capito che Matteo è omosessuale. Ho sempre provato per lui una grande stima, perché considera la sua sessualità una cosa normale e naturale. Credo, infatti, che solo chi si sente davvero diverso avverta il bisogno di ostentare i propri gusti sessuali e di ghettizzarsi, mentre chi è fermamente convinto della propria normalità non ha bisogno di conferme.

Matteo mi presentò Sandro un anno e mezzo fa e quella che vidi fu una bella coppia innamorata. Né più né meno.

Cos'è che fa di una coppia una coppia felice? L'affetto, senza dubbio, il rispetto, la solidarietà, la complicità. Il sesso. Nella coppia di Matteo e Sandro c'erano tutti gli ingredienti giusti, con l'unica variante che l'atto sessuale si spostava sul "lato B". Matteo e Sandro non potevano procreare, ma forse Dio ama solo quelli che mettono al mondo teneri pargoli? O piuttosto preferisce amare quegli individui che non hanno pudore quando si tratta di sentimenti? Caro cardinale, l'amore è una cosa parecchio bizzarra e spesso e volentieri non si sa bene che direzione possa prendere. Non è che decidiamo chi amare, non è così facile scegliere. Mi sembra assai buffo parlare di queste cose a un uomo molto più grande di me, ma deve ammettere che non mi ha lasciato altra scelta.

Qualche tempo fa, passeggiando per le vie di Roma, mi capitava spesso di leggere orribili manifesti firmati «Militia Christi» che dichiaravano: «Perverso? No, grazie! Pe' er verso giusto».

Qual è il verso giusto, cardinale Ruini? Ci chiamano giusti solo quando assecondiamo le speranze e i progetti dei potenti, della Chiesa *in primis*. Ci chiamano giusti solo se consumiamo, solo se produciamo, solo se mettiamo al mondo dei figli che saranno anche loro consumatori e produttori. Non ci hanno mai chiamati giusti perché capaci di amare. La gente onesta non è solo quella che lavora, la gente onesta è anche quella che intesse rapporti personali sinceri e privi di qualsiasi pregiudizio.

L'ex cardinale Ratzinger, oggi pontefice, ha dichiarato che il gay è un malato mentale e che quindi va curato appropriatamente, che va compatito. Mi sono informata: le maggiori autorità scientifiche mondiali sono da almeno un ventennio concordi nel sostenere che l'omosessualità non sia una deviazione sessuale. L'omosessualità è scomparsa dal DSM (il *Manuale Diagnostico e Statistico dei Disturbi Mentali* dell'American Psychiatric Association, utilizzato come riferimento in tutto il mondo) nel 1973 e dall'ICD (la classificazione delle malattie pubblicata dall'Organizzazione Mondiale per la Sanità), pur con grave ritardo, nel 1992. In quest'ultima sopravvive ancora oggi la cosiddetta "omosessualità egodistonica", il caso di un individuo omosessuale che, pur consapevole del suo orientamento, non lo accetta e lo vive con grave disagio. È prevista, è vero, anche l'eterosessualità egodistonica, ma è rarissima se non inesistente, poiché è chiaro che un eterosessuale fa molta meno fatica ad accettarsi: la società gli permette di esprimere liberamente il suo orientamento. Cosa che non vale del tutto per l'omosessualità, come lei ben sa.

Il papa dice infatti che gli omosessuali soffrono per la loro condizione (a suo avviso, quindi, tutti gli omosessuali sarebbero egodistonici). Che genere di sofferenza vive un omosessuale? Credo che le sofferenze maggiori di cui sono vittime gli individui omosessuali sono il frutto della repressione sociale, del pregiudizio, dell'ignoranza e anche delle posizioni che, da sempre, la Chiesa ha assunto nei loro confronti.

Matteo ha molto sofferto quando Sandro l'ha lasciato. Ha sofferto perché ha perso l'amore. Qualunque eterosessuale soffrirebbe per lo stesso motivo. È dunque minore l'affetto che due persone dello stesso sesso provano l'una per l'altra?

Vanno umiliati solo perché incapaci di concepire figli e, dunque, di formare la tanto celebrata famiglia? Ma anche su questo non sarei tanto sicura. Molte coppie omosessuali, infatti, riescono a formare una famiglia, in vari modi e adottando metodi diversi.

***

In Italia l'adozione è vietata sia per i single che per le coppie omosessuali; pesa di certo la posizione della Chiesa. Lei conosce senz'altro questo documento, firmato anche dall'ex cardinale Joseph Ratzinger:

Come dimostra l'esperienza, l'assenza della bipolarità sessuale crea ostacoli allo sviluppo normale dei bambini eventualmente inseriti all'interno di queste unioni. Ad essi manca l'esperienza della maternità o della paternità. Inserire dei bambini nelle unioni omosessuali per mezzo dell'adozione significa di fatto fare violenza a questi bambini nel senso che ci si approfitta del loro stato di debolezza per introdurli in ambienti che non favoriscono il loro pieno sviluppo umano. Certamente una tale pratica sarebbe gravemente immorale ["Considerazioni circa i progetti di riconoscimento legale delle unioni tra persone omosessuali"].

Ma in altri paesi europei (sono quattordici) le coppie omosessuali possono adottare dei bambini, perché secondo quei governi l'individuo non può essere discriminato per via dell'orientamento sessuale.

Ho sempre avuto l'impressione – e forse, caro Ruini, lei potrà essere d'accordo con me – che il fatto che un bambino cresca all'interno di una coppia gay non determini con certezza il suo futuro orientamento sessuale. Tant'è vero che tutti gli omosessuali che oggi esistono sono figli di eterosessuali. Ma lei immagina bene che dal mio punto di vista neanche questo sarebbe un rischio. L'unico rischio in cui possono incorrere i figli di coppie omosessuali è semmai lo scherno e l'intolleranza della società di cui facciamo, malvolentieri, parte.

Mi sembra del tutto superfluo sottolineare che gli omosessuali sono capaci di amare un bambino esattamente quanto e come gli eterosessuali. E poi, detto tra noi, caro cardinale, non è che tutti i genitori eterosessuali siano davvero così capaci di crescere un bambino... di incompetenti ce ne sono tanti.

Tuttavia, esistono delle realtà in cui una coppia omosessuale sceglie di avere un pargolo seguendo vie traverse: la fecondazione assistita per le donne lesbiche, ad esempio. Oppure (i casi in Italia sono ancora pochi, ma il fenomeno è in continua crescita) capita che due coppie omosessuali formate da due donne e due uomini decidano di mettere al mondo un bambino adottando tecniche diverse (alcuni la fecondazione assistita, una delle donne si fa impiantare il seme di uno dei due uomini; altri la fecondazione naturale). Ebbene, quella che si ottiene è un famiglia allargata, come molte ne esistono anche nel mondo degli eterosessuali. Pensi, cardinale Ruini, due mamme e due papà. Non è meraviglioso? Se Ratzinger diceva che un bambino ha bisogno di entrambe le figure per crescere sano, non potrà certo non notare che in questo caso il bambino avrà il doppio delle figure di riferimento, maschili e femminili.

***

Caro cardinale, è imbarazzante vedere come il *Catechismo della Chiesa Cattolica*, nella sezione riservata ai principali peccati contro la castità, affianchi con distinzioni appena percepibili pratiche così differenti come, fra le altre, gli atti omosessuali e lo stupro. Dunque un omosessuale che ha relazioni affettive e sane dovrà bruciare all'inferno come uno stupratore che scarica i propri ormoni sulla prima innocente che passa per strada? Lo stupro è un reato equiparato alle lesioni personali, una minaccia gravissima all'integrità fisica e psicologica degli individui. Lo stupratore è un essere profondamente egoista. L'omosessualità non solo non è illegale, ma non minaccia affatto gli altri, né li rende incolumi di fronte alla sua forza.

Io, che ho avuto rapporti omosessuali, non mi sono mai innamorata di una donna. Vado dritta all'inferno, certo, mi prendo le mie responsabilità. Ma se fosse accaduto il contrario? Se mi fossi innamorata platonicamente di una donna, avrei ugualmente commesso peccato? La faccenda non mi è affatto chiara. Glielo chiedo con sincera curiosità, poiché né il *Catechismo* né gli altri testi religiosi menzionano l'amore omosessuale, ma solo gli atti, ossia il sesso. Forse la Chiesa, mi chiedo, non si pone il problema che anche gli omosessuali sono capaci di amare? Forse la Chiesa vede il sesso come l'unico aspetto su cui si basano le relazioni omosessuali? Non è che la Chiesa pensa un po' troppo al sesso?

L'omosessualità, c'è da aggiungere, non è contro natura. Potrà ancora pensare che è eticamente sbagliata, che è contraria alle leggi di Dio, che è immorale. Ma non innaturale.

In natura, infatti, esistono svariate specie animali che praticano correntemente l'omosessualità senza dimenticare, al contempo, la riproduzione della specie. Molti animali sono omosessuali per scelta e piacere ed eterosessuali per sopravvivenza.

Ce lo dice il biologo Bruce Bagemihl nel suo trattato *Biological Exuberance: Animal Homosexuality and Natural Diversity* (New York, St. Martin's Press, 1999):

Nell'adolescenza i gorilla vivono in gruppi del medesimo sesso e per tutto questo periodo si corteggiano a vicenda e hanno relazioni omosessuali anche di lunga durata. Ma anche quando raggiungono l'età adulta alcuni individui continuano a preferire partner del loro sesso.

Gli orangutan sono stati visti e fotografati mentre praticavano il sesso orale su individui del loro sesso.

I delfini maschi sono stati osservati mentre avevano rapporti anali con altri maschi, mentre le femmine stimolano col becco i genitali di altre femmine.

Fra i cervi americani non solo è presente il comportamento omosessuale, ma anche il transessualismo: certi individui maschi hanno elementi fisici tipici del sesso opposto.

Fra gli orsi alcune femmine, dopo essersi fatte ingravidare da un maschio, gli danno il benservito e scelgono come partner un'altra femmina, allevando insieme i cuccioli della coppia.

Sembra chiaro, dunque, che gli atti omosessuali non sono innaturali. Se pensa che la sodomia sia un atto bestiale dipende da cosa intende lei per bestialità. L'uomo è un animale parlante. Il resto sono animali e basta. E onestamente sono un po' stanca di tutti coloro che dicono che gli uomini usano la ragione mentre gli animali no, e che per questo vanno considerati diversi. Il mio cane curava le mie depressioni meglio di quanto abbiano potuto quelle persone che hanno fatto parte della mia vita. L'uomo non è un essere razionale, perché se così fosse non vivremmo in una terra che ha scelto la distruzione, le guerre; se l'uomo fosse davvero razionale io adesso non starei perdendo tempo a scrivere questa lettera. In questo momento, infatti, potrei essere sul letto a giocare con le mie gatte che riusciranno quasi sicuramente a fregarmi nel gioco perché loro sono più razionali, più libere e più sacre di me. E sono anche lesbiche.

***

Questo Dicastero [...] ritiene necessario affermare chiaramente che la Chiesa, pur rispettando profondamente le persone in questione, non può ammettere al Seminario e agli Ordini sacri coloro che praticano l'omosessualità, presentano tendenze omosessuali profondamente radicate o so-

stengono la cosiddetta cultura gay. Le suddette persone si trovano, infatti, in una situazione che ostacola gravemente un corretto relazionarsi con uomini e donne. Non sono affatto da trascurare le conseguenze negative che possono derivare dall'Ordinazione di persone con tendenze omosessuali profondamente radicate [Congregazione per l'Educazione Cattolica, "Istruzione circa i criteri di discernimento vocazionale riguardo alle persone con tendenze omosessuali in vista della loro ammissione al Seminario e agli Ordini sacri", 2005].

Caro cardinale, anche qui si tratta di una mia sincera curiosità. Quale senso può avere un veto nei confronti degli uomini omosessuali che vogliono diventare preti? Se il matrimonio con Dio prevede la rottura definitiva con il sesso, che non può più essere praticato, allora che differenza fa essere omosessuale? Se la Chiesa si dichiara rispettosa verso gli individui omosessuali, allora perché non rispetta le scelte che questi fanno, compresa quella di frequentare il seminario e diventare preti o suore? Rispettare non significa compatire, e a me sembra che la Chiesa confonda spesso le due cose, disegnando gli omosessuali come esseri inferiori che addirittura «si trovano in una situazione che ostacola gravemente un corretto relazionarsi con uomini e donne». Non sembra anche a lei che quando Joseph Ratzinger o altri esponenti eccellenti della Chiesa parlano di omosessualità lo fanno sempre con toni compassionevoli e caritatevoli e poi, al momento di dimostrare una sincera solidarietà e apertura, finiscono sempre per risultare poco solidali e chiusi? O forse è solo una mia impressione?

***

Matteo e Sandro non hanno mai voluto sposarsi. Volevano amarsi liberamente, prescindendo da qualsiasi contratto matrimoniale e sociale. Ma questa era una loro scelta. Molte altre coppie omosessuali, infatti, sperano in un futuro migliore in cui i loro diritti di coppia saranno riconosciuti. In molti paesi (Francia, Spagna, Olanda, Inghilterra) le unioni di fatto e i matrimoni omosessuali sono riconosciuti, in Italia non ancora, forse per via dell'influenza cattolica. Ma il passo è ancora troppo lungo... come fa una società come la nostra a riconoscere un'unione di fatto come quella omosessuale se non riconosce ancora le unioni di fatto eterosessuali? Le coppie che preferiscono la convivenza al matrimonio sono una realtà. Lo sono, ancor più, le coppie di conviventi omosessuali. Se per gli eterosessuali esiste l'opzione del matrimonio che consente di avvalersi di quei diritti che alle coppie di fatto vengono negati, per gli omosessuali non è così. Le coppie omosessuali sono costrette a vivere nell'incertezza e in una sorta di clandestinità. Marco e Marco non possono sposarsi né civilmente né, figuriamoci, in chiesa. Marco e Marco dovranno attendere che il nostro paese sia gestito e ordinato dalle leggi dell'amore piuttosto che dalle leggi della convenienza e dell'ipocrisia.

Se per Marco e Marco l'unione diventa davvero necessaria, allora dovranno comprarsi un biglietto aereo per Madrid, Londra oppure Amsterdam, dove anche gli omosessuali possono sposarsi. Marco e Marco, a quel punto, non solo dovranno essere ricchi, ma avranno pure l'obbligo di acquisire la cittadinanza del paese in cui intendono sposarsi. Marco e Marco dovranno pure trasferirsi definitivamente all'estero, perché la legge italiana non riconosce le unioni avvenute in altri paesi europei. Quindi, se vogliono usufruire di quei diritti che un'unione ufficiale gli consente di ottenere, dovranno vivere lì dove hanno pronunciato il loro "sì".

Esistono centinaia di migliaia di Marco e Marco, di Daniela e Daniela. Questa è una realtà diffusa, cardinale Ruini, e quando i fenomeni cominciano a diventare così estesi, come si fa a parlare ancora di diversità, di patologia, di contrarietà alle leggi umane?

Non è forse una realtà che va accettata, poiché da sempre è esistita e sempre esisterà? Non accettarla significa non esistere a questo mondo, significa voler scappare. Perché la Chiesa si ostina, in tanti campi, a vivere in un mondo parallelo ignorando ciò che accade nel nostro?

***

Chiudo con questa bella lettera che le ha scritto la madre di un omosessuale e che il quotidiano «l'Unità» ha pubblicato il 28 settembre 2005. Anche se sono sicura che lei l'abbia già letta, la riporto ugualmente, perché credo che possa essere presa come simbolo della lotta contro l'oppressione e l'intolleranza verso gli omosessuali:

Caro cardinale Ruini,

sono la madre di due ragazzi. Uno è omosessuale. Io e mio marito abbiamo cercato di educare i nostri figli al rispetto del prossimo e all'onestà. La famiglia è al centro della nostra vita. Circa un anno fa mio figlio di vent'anni ci ha detto (non così per caso ma in un momento di forte tensione) di essere gay. È stato un colpo al cuore, perché in quel momento ho visto un ragazzo dolce e sensibile, fragile e impotente di fronte alle ostilità che avrebbe dovuto subire. Quelle ostilità che nascono e fioriscono in una società che la pensa come lei (o come il ministro Calderoli, ma questa è un'altra storia). Dopo la rivelazione (meglio dire la chiarificazione diretta che qualche famiglia preferirebbe non avvenisse!), la prima domanda è stata la più scontata (me ne sono accorta dopo): «Ma ne sei proprio sicuro?». «Sì, mamma», è stata la risposta. E ancora: «Ho provato ad avere una ragazza» – come noi sapevamo – «ma poi per onestà ho interrotto la relazione», e ancora: «Io non volevo essere così», e queste parole mi risuonano continuamente nella mente provocandomi un nodo alla gola. Il suo racconto continua: «Ci ho messo quasi otto anni per accettarmi e capire che sono normale». E io pensando alla sua sofferenza non so darmi pace. Vedendo il mio sguardo smarrito ha continuato: «Ma io sono quello che voi conoscete, sono così».

La nostra è una famiglia aperta ai problemi del mondo, a tavola si parla di tutto, ma questo è stato un segreto difficile da condividere proprio perché assorbiva il giudizio negativo di quella cultura intrisa di tutti quei pregiudizi che accomunano gli omosessuali alla diversità, ai pedo-

fili, alla prostituzione e al peccato. Lei non ha figli e non può capire. L'associazione ARCI *Gay nasce circa vent'anni fa, dopo che due ragazzi omosessuali si suicidarono perché non riuscirono a sopportare le ingiurie della gente (perda un po' di tempo a guardare su Internet...), e tanti altri lo hanno fatto ancora. È questo che vogliamo? Perché i nostri figli non possono vivere la loro vita con dignità, compresa quella sentimentale? Perché la sua voce non si alza contro gli stupri, il turismo sessuale, la pedofilia, la violenza dei padri alle loro figlie o alle loro mogli (dentro quelle famiglie che lei tanto invoca), contro la prostituzione minorile indotta da padri, mariti e fratelli! Queste sono le cose che insieme dovremmo combattere! Queste sono le vere cose contro natura! Per non parlare della guerra, che la nostra Costituzione proprio non contempla, ma anche questa è un'altra storia. Mio figlio non vuole vivere la sua vita relegato agli ambienti gay, vuole potersi esprimere ovunque, frequentare qualsiasi luogo e poter fare qualsiasi lavoro. I gay si sono dovuti organizzare e per non sentirsi sempre emarginati hanno creato luoghi dove si ritrovano fra loro. Ora le cose stanno cambiando. Devono cambiare! Alcuni luoghi sono aperti a tutti, è così che deve essere: i gay non devono vivere come se fossero dei derelitti della società, ma vivere nella società anche se non sono stilisti o altri personaggi famosi (per questi è più facile essere accettati perché ancora una volta, ipocritamente, la discriminazione più sentita è la ricchezza). Ho ancora qualche domanda da farle: perché devo considerare un mio figlio, figlio di un Dio minore? Perché devo pensare che uno dei miei figli non è normale? In base a quale legge divina o terrena? Noi abbiamo insegnato ai nostri figli l'amore e il rispetto per l'espressione delle persone senza steccati e limiti per etnia, religione e orientamento sessuale. Mi creda, la sua è una crociata, anche se secolare, sbagliata. Molti della sua Chiesa non la seguiranno, perché non vivono arroccati come lei in una torre d'avorio. Vivono nelle città e nei paesi. Lavorano e studiano, si divertono e soffrono a contatto con il mondo reale. Hanno amici, figli e parenti gay, quelli che hanno avuto il coraggio di "rivelarsi". Molti altri vivono una vita d'inferno, qui sulla terra, per colpa di tutti quelli che la pensano come lei! Forse il Dio che conosco io non è quello che conosce lei!*

Tanto Dio perdona tutti

Tutti, seguendo Cristo modello di castità, sono chiamati a condurre una vita casta secondo il proprio stato: gli uni vivendo nella verginità o nel celibato consacrato, un modo eminente di dedicarsi più facilmente a Dio con cuore indiviso; gli altri, se sposati, attuando la castità coniugale; se non sposati, vivendo la castità nella continenza [*Catechismo della Chiesa Cattolica. Compendio*, 491].

Avevo quindici anni e poche paure quando persi la verginità. Ricordo che lui mi piaceva e provavo la nettissima sensazione che io non piacessi a lui. Oggi, se ci penso, mi dico che evidentemente dovevo piacergli se aveva scelto di andare a letto con me. A scuola non si faceva altro che parlare della "prima volta", tutte avevamo la smania di sapere come fosse, che cosa ci avrebbe regalato o, in qualche caso, rubato.

Alcune sapevano benissimo di cosa si trattasse, l'avevano già fatto, ma non ne parlavano, non stava bene.

Così un giorno presi il motorino e, invece di percorrere il solito tragitto da casa a scuola, svoltai qualche strada più avanti e mi ritrovai sotto casa sua.

Quando mi penetrò non mi sentii diversa né mi sembrò di aver perso alcunché. Piuttosto mi ero liberata di un peso enorme, volevo oltrepassare il primo check-point per avere poi via libera. La prima prova, la più crudele e la più dura, non funzionò come doveva funzionare e tutti i sogni e i desideri che avevo furono ammazzati uno a uno. Rimasi così denudata di ogni speranza, spogliata dalla mancanza di rispetto e dalla sua derisione. E per di più, avevo il fortissimo dubbio di essere rimasta incinta.

La persona a cui più di tutte avrei dovuto raccontarlo era mia madre, con la quale ho sempre condiviso ogni cosa, che mi ha sempre incoraggiata nel mio cammino, che non mi ha mai vietato niente e nemmeno criticata per le mie scelte.

Ma la prima cosa che lei avrebbe fatto sarebbe stata andare difilato a casa sua e spaccargli la faccia. Raccontarlo a mia madre era rischioso, per la vita di lui.

Così andai da mia zia e le dissi di quanto mi

era parso brutto quel sesso che tutti osannavano, quanto arido e quanto insignificante fosse.

Le dissi inoltre che mi ero pentita, che l'avevo voluto fare per soddisfare la mia curiosità e le mie voglie adolescenziali. Lei, oltre a darmi un pacchetto di preservativi, mi rispose: «A zia, sai come si dice? *Futti futti ca Dio perdona a tutti*».

Quel famoso Dio che mi aveva accompagnato durante l'infanzia, che sentivo come un peso ovunque andassi e qualsiasi cosa facessi, era improvvisamente scomparso durante i miei dodici anni, quando mi resi conto di non aver alcun bisogno di credere in qualcosa di superiore e divino, che mi bastava credere nella vita e nelle persone che mi circondavano e mi amavano di un amore terreno.

Sentivo Dio persino in quelle voci di paese che additavano e demonizzavano le ragazze mie coetanee che conducevano una vita libera e libertina, vedevo Dio negli occhi strizzati della panettiera mentre entravo nel suo negozio mano nella mano con un ragazzo. Vedevo Dio nello sguardo morboso del barista che indugiava sulle cosce poco scoperte dalla gonna.

Dio era amore ma era anche disprezzo, un disprezzo che non sono riuscita a strapparmi dalla pelle tanto facilmente. È a questo che si aspira, cardinale Ruini? Farci sentire colpevoli davanti alla società terrena e a quella divina solo perché abbiamo assecondato i nostri desideri?

E se la frase di mia zia non suonò proprio come una formula magica che mi fece dimenticare di essere guardata a vista da Dio e dai suoi adepti, non posso certo negare che mi fornì un'indicazione importante: fregarmene di quello che gli altri avrebbero detto.

Non fu certo facile, non fu certo improvviso.

La mia è una storia forse particolare, una storia in cui qualcuno potrebbe identificarsi. Una storia che molti considerano disdicevole e scandalosa. Io so soltanto che è una storia, la mia storia.

Il mio primo anno da non vergine fu contrassegnato da una serie di esperienze sessuali che non definirei proprio comuni, ma nemmeno così rare come a molti piace pensare. Passai dalle braccia di un uomo a quelle di un altro e in meno di un anno feci conoscenza con un'umanità varia, conobbi individui divisi per età, condizione sociale, emotività e intelligenza. Uomini per molti aspetti diversi, ma che avevano un denominatore comune: erano tutti bravissimi a farmi sentire poco amata, poco apprezzata e pochissimo rispettata.

Passai dal sesso di gruppo a quello omosessuale, dal sesso sadomaso al ménage à trois con la facilità con cui si passa dall'antipasto al primo, dal secondo al contorno. Ma non avevo ancora assaggiato il dolce, mi era stato negato. In un anno non raggiunsi alcun tipo di piacere, né mentale né fisico, e solo più avanti nei mesi e negli anni capii perché: nessuno era riuscito a coinvolgermi nella festa emotiva e ormonale alla quale partecipava. Era come se si tenessero il piacere tutto per loro, come se non volessero condividerne nemmeno una fetta, una misera fetta di torta. E questo distacco io lo sentivo, cardinale Ruini, e lo sentivano pure loro e lo interpretavano come frigidità e cupa sottomissione.

Uno o due amanti, che non amavo e che non mi amavano, riuscirono tuttavia a farmi provare le gioie del sesso. Fu davvero una bella scoperta.

Ero convinta, infatti, che il sesso potesse essere piacevole solo quando di mezzo ci fosse stato l'amore. Nessuno poteva togliermi dalla testa che quelle avventure che avevo avuto erano risultate così poco gratificanti perché prive di sentimento e di amore, o innamoramento.

Ero anche convinta che fossero state le esperienze forti a precludermi qualsiasi tipo di piacere.

Solo dopo mi resi conto che non erano le esperienze estreme a rendermi triste, che non era il sesso ad essere sbagliato. Erano quegli uomini che avevo incontrato che mi intristivano e mi facevano sembrare tutto dannatamente sbagliato.

Così, il sesso senza amore fatto con le persone giuste risultò essere una bella cosa, perché pur non essendoci alcuno scambio affettivo vi era senza dubbio uno scambio emozionale che mi faceva vedere tutto sotto un'altra luce. Basta che ci sia il rispetto e la voglia di condividere il proprio piacere con l'altro, e il sesso diventa una cosa meravigliosa.

Ma la scoperta non era ancora finita.

Dal sesso arido e meccanico passai al sesso felice e spensierato per poi approdare al sesso fatto con amore e sentimento. Le sorprese non finivano mai.

Ricordo che la prima volta che feci l'amore non potei evitare di piangere. Era un'emozione troppo forte, una specie di terremoto che commuoveva ogni singola parte del mio corpo, ogni cellula, ogni nervo cerebrale.

Dire «ti amo» mentre facevo sesso era una cosa che non mi era mai accaduta; e quando capitò, le assicuro che l'esperienza fu a dir poco celestiale: un vero e proprio passaggio spirituale, come se la mia anima avesse abbandonato il mio corpo e fosse volata oltre le nuvole, oltre il cielo e oltre lo spazio, in un luogo di cui non vorrei parlarle, perché se lo facessi sono sicura che le metterei addosso la voglia di provare quello che l'amore di due esseri che si uniscono nello stesso corpo, nella stessa carne, è capace di creare.

Questo percorso sessuale incerto e per certi versi traumatico mi ha portata a diventare un essere umano adulto, mi ha completata laddove avevo delle lacune, mi ha, in definitiva, aiutata a crescere.

So che probabilmente lei non è d'accordo con tutto questo, cardinal Ruini, ma sono convinta che se per un attimo cercasse di dimenticare di essere un uomo di Chiesa che deve far rispettare certi dogmi, potrebbe capire meglio le mie ragioni.

Ho visto la mia iniziazione sessuale come un'iniziazione alla vita. Ha presente quelle civiltà preistoriche nelle quali un ragazzo o una ragazza in età puberale dovevano compiere imprese molto più grandi di loro, in modo da conoscere subito il dolore e la sofferenza ed entrare così dritti nell'età adulta?

Oggi, naturalmente, non è più possibile esplorare la foresta in cerca di leoni da uccidere e di cui indossare la pelle per mostrarla al villaggio. Oggi i riti di iniziazione sono altri, e il sesso è uno di questi.

Il sesso fa conoscere le bellezze e le brutture della vita, indistintamente. Il sesso è l'atto più intimo fra due persone che si concedono l'una all'altra mostrando di sé ora i lati positivi, ora quelli negativi.

Se non avessi vissuto l'amarezza che alcune esperienze sessuali mi hanno dato, oggi non sarei quella che sono, non sarei cresciuta con la convinzione che la vita ha due anime, una felice e una infelice, non avrei saputo che dentro ogni essere umano si nascondono dei lati marci e putridi e dei lati limpidi e meravigliosi. Il sesso mi ha insegnato che cos'è la vita, mi ha detto come avrei dovuto affrontarla: non abbassare mai la cresta, continuare anche quando va tutto storto, essere determinata a inseguire sempre lo scopo che ti sei prefissa. E cercare, cercare, finché non avrai trovato quello che cercavi.

Anche Gesù lo diceva, no? Alla felicità si arriva anche attraverso il dolore.

***

Fino a qualche anno fa, la verginità era un valore morale da custodire gelosamente. Era una cosa di cui andare fieri, e questo valeva soprattutto per le donne.

Mi ricordo lo sconcerto di quando venni a sapere che fino a non molti anni fa, a Catania, c'era l'usanza di stendere il lenzuolo sporco di sangue sul davanzale della finestra dei neosposi. Quel lenzuolo era il simbolo dell'onore della famiglia e della donna perché, se fosse rimasto bianco e immacolato, la donna sarebbe stata ripudiata e la famiglia allontanata dalla società. Il mattino successivo alla prima notte di nozze, i paesani attendevano a bocca aperta davanti alla finestra, e quando il lenzuolo sporco di sangue svolazzava davanti agli occhi di tutti si alzavano applausi e tripudi. L'onore era salvo.

Un bell'affresco folkloristico, non c'è che dire. Se non fosse per la mancanza di rispetto nei confronti della donna e della sua intimità, non mi dispiacerebbe che fosse ancora in uso. Solo la donna, infatti, doveva fornire le prove inconfutabili della sua verginità fino al matrimonio. E l'uomo? Come poteva dimostrare l'uomo di essere vergine e casto? Non lo dimostrava, l'uomo non ha mai avuto bisogno di dimostrare la sua purezza e anzi, se lo facesse, verrebbe probabilmente preso in giro.

Mentre le donne facevano sventolare macabre lenzuola al sole, gli uomini consumavano la prima volta nei bordelli, «ché con le prostitute si può fare ciò che si vuole, ma con le brave ragazze no, devono rimanere illibate». Che pensiero bestiale, non trova?

Non so perché, ma quando leggo nel *Catechismo* che bisogna rimanere casti e puri, il mio pensiero si rivolge per primo alle donne. Sarà perché sono donna, o forse perché ho gli occhi abbastanza aperti, mi sembra che la donna sia sempre stata e continui ad essere il tempio della verginità: il pensiero comune, oggi piuttosto celato, è che una vergine è sempre migliore di una donna che vive la sua sessualità liberamente e con molta gioia.

Pare che però negli ultimi tempi le cose siano cambiate. Parlando oggi con le amiche di mia sorella, che non hanno più di tredici anni, scopro la loro vergogna quando ammettono di essere ancora vergini. Si è passati da un estremo all'altro, ignorando del tutto ciò che sta in mezzo. Si sentono criticate dalle compagne più grandi e dai ragazzi che vorrebbero che loro si concedessero, e per non sentirsi piccole e derise accettano con determinazione di perdere la verginità. A quanto pare, il conformismo si applica persino in questioni assolutamente personali e naturali come il sesso.

Io vorrei tanto che facessero sesso perché vogliono, non perché devono. Il sesso è un puro fatto di desideri. Creare desideri fittizi è altrettanto sbagliato quanto reprimerli, secondo me.

Quindi basta con le imposizioni e con il dichiarare cosa è giusto e cosa è sbagliato: che le donne e gli uomini siano liberi di decidere se concedersi o non concedersi, se donare o non donare. Reprimere i famigerati ormoni adolescenziali non fa altro che accrescere la curiosità, e il sesso perde tutta la sua bellezza e tutta la sua purezza acquistando piuttosto morbosità. È per questo che ogni volta che il sesso viene citato in un film, in un libro o in una semplice conversazione ci sarà sempre qualcuno che userà gli aggettivi "scandaloso", "trasgressivo" o, peggio, "immorale".

La repressione non solo produce mostri bavosi, non solo può indurre a compiere atti estremi e violenti (come stupri e molestie) quegli uomini e quelle donne deboli che si sono visti costretti a seguire certe regole volute dalla Chiesa; la repressione impedisce che ci sia una giusta e chiara informazione sessuale che eviterebbe, tra l'altro, cose a cui la stessa Chiesa si oppone, come l'aborto e la trasmissione di malattie.

Se il preservativo non venisse condannato, se lei e i suoi colleghi invitaste gli uomini e le donne all'uso dell'anticoncezionale, le assicuro che gli aborti praticati dalle adolescenti diminuirebbero drasticamente e le malattie infettive, piaga gravissima della nostra epoca, verrebbero a poco a poco sconfitte. Scelga: o accettare che gli adolescenti facciano sesso sicuro, o accettare che questi stessi adolescenti facciano sesso non sicuro causando traumi a se stessi e agli altri.

Onestamente, la mia scelta l'ho già fatta.

***

Per masturbazione si deve intendere l'eccitazione volontaria degli organi genitali, al fine di trarne un piacere venereo. «Sia il Magistero della Chiesa – nella linea di una tradizione costante – sia il senso morale dei fedeli hanno affermato senza esitazione che la masturbazione è un atto intrinsecamente e gravemente disordinato». «Qualunque ne sia il motivo, l'uso deliberato della facoltà sessuale al di fuori dei rapporti coniugali normali contraddice essenzialmente la sua finalità». Il godimento sessuale vi è ricercato al di fuori della «relazione sessuale richiesta dall'ordine morale, quella che realizza, in un contesto di vero amore, l'integro senso della mutua donazione e della procreazione umana» [*Catechismo della Chiesa Cattolica*, 2352].

Ci fu un tempo in cui i parroci di paese dicevano che la masturbazione facesse diventare ciechi. Poi arrivò la scienza a dimostrare che la masturbazione non metteva a rischio la vista di quei milioni di uomini e donne che praticavano l'autoerotismo e lo praticano tuttora.

Oggi, caro Ruini, la Chiesa continua a dire che la masturbazione è un atto *intrinsecamente disordinato*, che è ben diverso dal dire che la masturbazione è *immorale* o *sbagliata*. Non è raro che la Chiesa dia giudizi etici per quel che riguarda le azioni umane, tanto più se queste investono il piano sessuale-sentimentale, e questa è una cosa a cui mi sono abituata senza troppe illusioni su un cambiamento che forse non avverrà mai. Ma dire che la masturbazione è disordinata è come dire che chi la pratica è psicologicamente instabile, è come se si tentasse di dare una spiegazione scientifica. Voi siete i medici delle anime: ma i medici del corpo dicono, con prove alla mano, che chi si masturba non è uno squilibrato né un malato. Se così fosse, l'intera umanità sarebbe squilibrata e malata.

Quello che penso, e che ho sempre pensato, è che la masturbazione sia un atto d'amore verso me stessa. Fare sesso o fare l'amore mi ha permesso di donare e di scambiare sentimenti e piacere con un'altra persona. Ma masturbarmi mi ha permesso di esprimere un amore particolare verso me stessa, che talvolta ho bisogno di amarmi e di volermi bene.

Non posso credere, cardinale Ruini, che qualsiasi forma di sessualità che esclude la procreazione venga vista come immorale e disordinata, e che il piacere venga visto come il demone della perversione da cui tutti dobbiamo nasconderci. Mi sembra che l'ideologia cattolica non sia poi tanto diversa dall'ideologia di alcune popolazioni africane che impongono l'infibulazione alle donne. Vietato provare piacere. Mentre lì le povere donne devono subire una violenza fisica inaccettabile, che consiste nel recidere il clitoride, qui in occidente siamo costrette a subire ricatti morali e violenze psicologiche. Anche la mia liberale madre mi diceva che la masturbazione era un peccato e che, tutto sommato, faceva schifo.

Da ragazzina provavo un senso di colpa immenso dopo essermi procurata piacere da sola. Credo che il senso di colpa per la masturbazione riguardi, in una certa fase della propria vita, quasi tutti, e in specie le donne, a prescindere dalle convinzioni religiose e dalle abitudini personali. Nonostante sapessi benissimo che la masturbazione era un gesto normale e naturale, non potevo fare a meno di sentirmi colpevole per quello che avevo appena fatto, anche se non riuscivo a capire dove stesse la colpa. Da quel che ne so, non sono l'unica a mordermi le labbra dopo il piacere autoprodotto. Quando frequentavo la scuola media, non era raro che io e i miei compagni di classe (soprattutto di sesso maschile) parlassimo di masturbazione. Anche loro ammettevano che dopo essersi masturbati si sentivano sporchi e colpevoli, e che l'oggetto che aveva contribuito al piacere (fosse esso una fantasia erotica, un film o un'immagine pornografica) diventava subito dopo ridicolo e anch'esso sporco. Per questo le chiedo: è più pericolosa la masturbazione o sono più pericolosi i sensi di colpa che la cultura cattolica ha largamente contribuito a diffondere? È più pericoloso il piacere fine a se stesso, o è più pericolosa la minaccia di una punizione che pende sopra le nostre teste come una spietata spada di Damocle?

Quando con gli amici ammetto di masturbarmi mi capita ancora di cogliere in loro una vena di stupore. Perché diciamolo, caro cardinale: fa molto più scandalo che a masturbarsi sia una donna, piuttosto che un uomo. In fondo a molte di noi, senza che riusciamo neanche ad ammetterlo, vive ancora come un corpo estraneo l'idea che la donna sia capace solo di sfornare figli e badare alla famiglia, e debba sottomettersi al piacere come se questo non la riguardasse, visto che ha altre cose a cui pensare: accompagnare i figli a scuola e stendere i panni, per esempio.

Caro cardinale, perché la Chiesa dovrebbe scoraggiare la masturbazione in maniera così violenta? Non potrebbe aiutare gli adolescenti a liberarsi da un senso di colpa opprimente e controproducente? Non potrebbe incoraggiare a vivere l'autoerotismo come un atto di amore verso se stessi, come un modo di conoscere il proprio corpo e le proprie sensazioni? Non pensa che saper amare se stessi sia un prerequisito per amare gli altri?

***

La pornografia consiste nel sottrarre all'intimità dei partner gli atti sessuali, reali o simulati, per esibirli deliberatamente a terze persone. Offende la castità perché snatura l'atto coniugale, dono intimo e reciproco degli sposi. Lede gravemente la dignità di coloro che vi si prestano (attori, commercianti, pubblico), poiché l'uno diventa per l'altro oggetto di un piacere rudimentale e di un illecito guadagno. Immerge gli uni e gli altri nell'illusione di un mondo irreale. È una colpa grave. Le autorità civili devono impedire la produzione e la diffusione di materiali pornografici [*Catechismo della Chiesa Cattolica*, 2354].

Le autorità civili dovrebbero impedire molte colpe, caro cardinale Ruini. Non dovrebbero, infatti, impegnarsi a combattere quei reati che investono i diritti umani e non i valori morali?

Tutti coloro i quali versano contributi pubblici, non credo lo facciano per permettere alle autorità di confiscare dell'innocuo materiale pornografico. Io, personalmente, pago le tasse perché sia garantita la sicurezza della mia persona da tutto ciò che può essere fonte di pericolo. Ma la pornografia, per quel che mi risulta, non è pericolosa. Naturalmente sto parlando della pornografia tradizionale, quella che vede coinvolti, nel ruolo di produttori, attori e consumatori, adulti consenzienti. La pornografia di cui parlo non ha niente a che vedere con gli snuff-movie (a quel punto è la morte a diventare pornografica), i video violenti e i video pedofili. Questi sono reati secondo la nostra Costituzione e sono, per quel che mi riguarda, pratiche disumane. Ma soprattutto: perché le autorità civili *devono*? Ciò che per la Chiesa lede un valore morale, non vuol dire che automaticamente debba diventare reato per lo Stato e per i cittadini.

Penso che finché esisteranno persone che scelgono di fare pornografia e persone che scelgono di consumarla, ciò non lede la dignità e l'integrità di alcuno. Se le emittenti televisive ci imponessero di guardare film pornografici, allora sarei d'accordo con lei. Ma credo vada innanzitutto difesa la libertà del consumatore di acquistare con i suoi soldi ciò che vuole, a patto che ciò che acquista, nel processo di produzione, non leda i diritti umani. Sono certa che sarà d'accordo con me se dico che, semmai, bisognerebbe impedire venissero acquistati certi prodotti delle multinazionali che sfruttano minorenni del Terzo Mondo e si avvalgono, a tutto vantaggio dei loro profitti, di condizioni lavorative inumane; o che bisognerebbe porre limiti seri all'acquisto e al commercio di armi; non è certo il materiale pornografico il genere di prodotto contro il quale ci si dovrebbe accanire.

Se poi produttori, registi e attori diventano ricchi, buon per loro: c'è tanta gente, in Italia e ovunque, che si è arricchita sulle spalle degli altri. Anche i capi di governo.

***

Caro cardinale, anche qui, come nel capitolo precedente, mi piacerebbe porle alcune domande che riguardano più da vicino la vita degli uomini e delle donne di Chiesa. La castità dei religiosi mi ha sempre suscitato molti dubbi; come fanno un uomo o una donna a rinunciare al sesso? Perché Dio dovrebbe essere contrario al sesso fra religiosi? Non mi vorrà certo dire, cardinale Ruini, che una volta diventati uomini e donne di Chiesa si mettono da parte le fantasie, i desideri, le pulsioni?

Non mi è difficile tollerare la castità degli uomini e delle donne di Chiesa, perché qualsiasi scelta libera ha il dovere di essere rispettata, anche quando ci sembra discutibile e poco consona al nostro modo di vedere e vivere la vita. Io ho scelto di vivere una vita non casta, ma ciò non vuol dire che disprezzi coloro che hanno scelto diversamente, né tantomeno li invito a seguire le mie abitudini. Se i religiosi sentono il bisogno di condurre una vita casta per stare a più stretto contatto con Dio, mi chiedo allora perché la castità sia richiesta anche per gli individui laici che hanno bisogno di stare a stretto contatto con la vita terrena, oggi più che mai.

Tuttavia mi riesce difficile credere che tutti, ma proprio tutti i religiosi rimangano fedeli al giuramento di castità.

Una notizia di questi ultimi mesi riguarda il frate Fedele Bisceglia, accusato di aver ripetutamente violentato una suora e altre donne insieme ad alcuni uomini che, a quanto pare, avrebbero pure pagato il frate che copriva i fatti.

Nessuno, per ora, sa come siano andate realmente le cose; solo il frate, la suora e tutti coloro che sono coinvolti nella vicenda.

Io immagino solo che in tutto ciò ci sia lo zampino di quella repressione che è madre di molte violenze.

In parecchi sostengono che la Chiesa e tutti coloro che ne fanno parte siano contrari alla sessualità. Io non la penso così. Credo, piuttosto, che la Chiesa consideri legittimo il sesso solo quando esso abbia come unico scopo la riproduzione e la *mutua donazione fra i coniugi.*

Ma le chiedo, caro cardinale: che cosa importa alla Chiesa se due persone non sposate e consenzienti fanno sesso? Quale male possono portare alla società? Di che tipo di peccato si macchiano?

Dio vi ha investiti quali pastori delle anime, non vi ha detto di dividere il mondo in due, come la maestra faceva a scuola tracciando una riga sulla lavagna e mettendo da una parte i buoni e dall'altra i cattivi.

Se alcune donne e uomini di Chiesa pensano di poter raggiungere Dio attraverso la continenza, è forse possibile che altri pensino di raggiungere Dio assecondando ciò che Dio stesso ha loro donato: il desiderio.

Perché, infatti, Dio avrebbe instillato così tanto desiderio nell'uomo se poi non voleva che questo desiderio venisse soddisfatto? Perché Dio prima dona e dopo priva della possibilità di godere di quel dono?

Non crede che lasciando libertà di azione agli esseri umani, religiosi o laici che siano, essi compieranno il loro percorso spirituale con più serenità e più sincerità verso se stessi?

Saluti cordiali

Caro cardinale Ruini, siamo giunti alla fine di questa lettera e adesso le mie dita sono stanche e i miei nervi scossi. Spero di non averla annoiata o irritata; per quel che mi riguarda posso dirle di essere soddisfatta: sento di aver dato voce a pensieri che mi assillavano da tempo e, come mi ripromettevo, evitato di porre verità assolute, ma solo dubbi e domande, e tentato di parlare in nome dell'amore e della vita. Adesso mi sento del tutto svuotata, cerco qualcos'altro da dire e non lo trovo. Buon segno, mi dico. Ho la gola secca e gli occhi rossi come accade spesso quando due persone intavolano una discussione accesa, anche se i toni sono pacifici. Perché ci vogliono nervi saldi e tanta buona volontà per portare avanti le proprie opinioni e presentarle a chi ha idee e opinioni diverse. Non trova?

Arrivati a questo punto, devo confessarle una

cosa che del resto, ne sono certa, le sarà apparsa ovvia: non ho mai creduto che le mie parole, sincere e semplici, potessero in qualche modo far cambiare idea a lei o ad altri esponenti della Chiesa. Mi rendo conto, infatti, che il vostro è un tentativo di portare avanti una tradizione antica e per certi versi preziosa, e non saranno i discorsi di una ventenne mediamente istruita che non ricopre alcuna carica istituzionale a scalfire i vostri credo e le vostre verità. Credo che se anche fossi stata presidente dell'ONU o uno dei tanti intellettuali che scrivono saggi eccellenti in merito alle questioni che le ho appena posto, i miei sforzi sarebbero serviti a poco.

Tuttavia, continuo a pensare che ogni nostro contributo, per quanto piccolo, sia importante e utile, anche quando rischia di venire ignorato o, peggio ancora, schernito. La ricerca di un dialogo paritario, anche quando sembrerebbe impossibile, è per me alla base di ogni speranza di pace e di democrazia, è un esercizio cui non dovremmo mai rinunciare, chiunque sia l'interlocutore. Per questo non posso smettere di augurarmi che un uomo potente e adulto come lei presti ascolto a una ragazza che desidera fortemente che qualcosa nel mondo cambi.

Ma c'è di più. Anche se la Chiesa non cambierà mai idea, mi consola comunque il pensiero di aver scritto cose che milioni di persone in Italia e nel mondo ritengono, in tutto o in parte, giuste se non indubitabili. Persino molti, moltissimi credenti. E forse questo potrà persuadere la Chiesa, non oggi ma nel tempo, a non ignorare le ragioni di queste persone, che desiderano solo un po' di attenzione e tolleranza e che sperano di non ritrovarsi mai più nella condizione di dover mettere al riparo una libertà che, molto lentamente, nei secoli, una piccola parte dell'umanità si è guadagnata.

In attesa di una sua risposta, la prego di ricevere i miei più cordiali saluti.

MELISSA P.

Indice

In nome dell'amore

Caro Ruini 5

Io sono sfortunato, sono figlio del peccato 11

Donne e uomini di tutto il mondo, unitevi! 33

Il lato B delle cose 57

Tanto Dio perdona tutti 77

Saluti cordiali 99

Collana «Le terre»
(ultimi volumi pubblicati)

81. Gret Haller, *I due Occidenti. Stato, nazione e religione in Europa e negli Stati Uniti*, con una postfazione dell'autrice all'edizione italiana. Traduzione di Francesca Febbraro. (Interventi)

82. Paolo Cacace, *L'atomica europea. I progetti della guerra fredda, il ruolo dell'Italia, le domande del futuro*, prefazione di Sergio Romano. (Interventi)

83. Richard Heinberg, *La festa è finita. La scomparsa del petrolio, le nuove guerre, il futuro dell'energia*, prefazione all'edizione italiana di Alfonso Pecoraro Scanio, prefazione all'edizione statunitense di Colin J. Campbell, prefazione dell'autore all'edizione italiana. Traduzione di Nazzareno Mataldi. (Interventi)

84. Michele Lauria, *Telekom Serbia, pupi e pupari*, con la collaborazione di Laura Trovellesi. (Interventi)

85. David Ray Griffin, *11 settembre. Cosa c'è di vero nelle "teorie del complotto"*, prefazione all'edizione inglese di Michael Meacher, prefazione all'edizione statunitense di Richard Falk. Traduzione di Giuseppina Oneto. (Interventi)

86. Nafeez Mosaddeq Ahmed, *Guerra alla verità. Tutte le menzogne dei governi occidentali e della Commissione "indipendente" USA sull'11 settembre e su Al Qaeda*, traduzione di Nazzareno Mataldi, Pietro Meneghelli, Matteo Sammartino, Francesca Valente e Piero Vereni. (Interventi)

87. Franco Rella, *Pensare per figure, Freud, Platone, Kafka, il postumano*. (Pensiero)

88. Robert R. Reich, *Perché i liberal vinceranno ancora*, prefazione di Walter Veltroni, con un saggio di Massimiliano Panarari. Traduzione di Francesca Minutiello. (Interventi)

89. Frances Stonor Saunders, *La guerra fredda culturale. La CIA e il mondo delle lettere e delle arti*, postfazione di Giovanni Fasanella. Traduzione di Silvio Calzavarini. (Interventi)

90. Robert Pogue Harrison, *Il dominio dei morti*, postfazione di Andrea Zanzotto. Traduzione di Pietro Meneghelli. (Scritture)

91. Fausto Bertinotti - Lidia Menapace - Marco Revelli, *Nonviolenza. Le ragioni del pacifismo*. (Interventi)

92. Victoria Shofield, *Kashmir. India, Pakistan e la guerra infinita*, traduzione di Massimiliano Manganelli. (Storia)

93. El Hassan Bin Talal, *Il cristianesimo nel mondo arabo*, prefazione di Carlo d'Inghilterra, prefazione all'edizione italiana del cardinale Pio Laghi. Traduzione di Flavia Tesio Romero. (Civiltà)

94. Andrea Ricci, *Dopo il liberismo. Proposte di una politica economica di sinistra*, prefazione di Luciano Gallino. (Interventi)

95. Valentino Zeichen, *Passeggiate romane*. (Poesia)

96. Bernard Williams, *Genealogia della verità. Storia e virtù del dire il vero*, prefazione di Salvatore Veca. Traduzione di Gianfranco Pellegrino. (Pensiero)

97. Thomas Cahill, *Giovanni XXIII*, traduzione di Elisa Bonaiuti. (Biografie)

98. Piero Sanavio, *La gabbia di Pound*. (Biografie)

99. Riccardo Bagnato - Benedetta Verrini, *Armi d'Italia. Protagonisti e ombre di un made in Italy di successo*. (Interventi)

100. Klaus K. Klostermaier, *Buddhismo. Una introduzione*, traduzione di Nicoletta Sereggi. (Civiltà)

101. James Miller, *Daoismo. Una introduzione*, traduzione di Marcello Ghilardi. (Civiltà)

102. Walter Friedrich Otto, *Le Muse e l'origine divina della parola e del canto*, a cura di Susanna Mati. Postfazione di Franco Rella. Premessa di Giampiero Moretti. (Scritture)

103. Massimo Nava, *Vittime. Storie di guerra sul fronte della pace*, fotografie di Livio Senigalliesi. Prefazione di Claudio Magris. (Interventi)

104. Bernard Stiegler, *Passare all'atto*, prefazione di Roberto Esposito. Traduzione di Elena Imbergamo. (Pensiero)

105. Giulietto Chiesa, *Cronache marxziane*, a cura di Massimiliano Panarari. (Interventi)

106. Jean-Michel Valantin, *Hollywood, il Pentagono e Washington. Il cinema e la sicurezza nazionale dalla seconda guerra mondiale ai giorni nostri*, traduzione di Jacopo De Michelis. (Interventi)

107. Clement Leibovitz - Alvin Finkel, *Il nemico comune. La collusione antisovietica fra Gran Bretagna e Germania nazista*, prefazione di Christopher Hitchens. Traduzione di Silvio Calzavarini. (Storia)

108. Leonard Peltier, *La mia danza del sole. Scritti dalla prigione*, a cura di Harvey Arden. Prefazione di Ramsey Clark. Traduzione di Giuliano Bottali e Sibilla Drisaldi. (Interventi)

109. Givanni Fasanella - Corrado Incerti, *Sofia 1973: Berlinguer deve morire*, prefazione di Giuseppe Vacca. (Interventi)

110. Daniele Ganser, *Gli eserciti segreti della* NATO. *Operazione Gladio e terrorismo in Europa occidentale*, prefazione di Giuseppe De Lutiis. Traduzione di Silvio Calzavarini. (Storia)

111. Dag Tessore, *Introduzione a Ratzinger. Le posizioni etiche, politiche, religiose di Benedetto* XVI, postfazione di Bartolomeo I patriarca di Costantinopoli. (Interventi)

112. R.W.B. Lewis, *Dante Alighieri. Una biografia attraverso le opere*, traduzione di Giueseppina Oneto. (Biografie)

113. *La mente e la natura. Per un naturalismo liberalizzato*, a cura di Mario De Caro e David Macarthur, prefazione di Armando Massarenti. Traduzione di Lorenzo Greco e Gianfranco Pellegino. (Pensiero)

114. Gore Vidal, *L'invenzione degli Stati Uniti. I padri: Washington, Adams, Jefferson*, traduzione di Marina Astrologo. (Storia)

115. Ekkehart Krippendorff, *Shakespeare politico. Drammi storici, drammi romani, tragedie*, traduzione di Robin Benatti e Francesca Materzanini. (Scritture)

116. Thomas Cahill, *Come i greci fondarono l'Occidente*, traduzione di Guido Lagomarsino. (Civiltà)

117. Michel Onfray, *Trattato di ateologia. Fisica della metafisica*, traduzione di Gregorio De Paola. (Interventi)

118. Nicola Lagioia, *Babbo Natale. Dove si racconta come la Coca-Cola ha plasmato il nostro immaginario*. (Memi)

119. Paolo Zanotti, *Il gay. Dove si racconta come è stata inventata l'identità omosessuale*. (Memi)

120. William Blum, *Rapporti dall'Impero*, edizione italiana aggiornata dall'autore. Traduzione di Giuliano Bottali (Interventi)

121. Gabriel Kolko, *Il libro nero della guerra. Politica, conflitti e società dal 1914 al nuovo millennio*, taduzione di Massimiliano Manganelli (Storia)

122. Valerio Magrelli, *Sopralluoghi*. (Poesia)

123. Lydia Flem, *Casanova. L'uomo che amava le donne, davvero*, introduzione di Michel Onfray. Traduzione di Stefano Simoncini. (Biografie)

124. Georges Bataille, *Storia dell'erotismo. La parte maledetta II*, a cura di Franco Rella. Traduzione di Susanna Mati. Con un saggio di Susanna Mati. (Pensiero)

125. Giuseppe Vacca, *Il riformismo italiano. Dalla fine della guerra fredda alle sfide future.* (Storia)

126. Antonio Monda, *Tu credi? Conversazioni su Dio e la religione.* (Interventi)

127. Achille Occhetto, *Potere e antipotere*, prefazione di Gore Vidal. (Interventi)

128. Roberto Galaverni, *Il poeta è un cavaliere Jedi. Una difesa della poesia*. (Scritture)

129. Lapo Pistelli, *America take away. Quanta America è entrata in Italia, quanta ne potrebbe ancora arrivare*, prefazione di Massimo D'Alema. (Interventi)

130. Paolo Flores d'Arcais, *Il ventennio populista. Da Craxi a Berlusconi (passando per D'Alema?)*. (Interventi)

131. Guy Verhofstadt, *Gli Stati Uniti d'Europa. Manifesto per una nuova Europa*, prefazione di Giuliano Amato e Romano Prodi. Traduzione di Linguanet sprl e Claudia Di Palermo. (Interventi)

Finito di stampare
nel mese di aprile 2006
nello stabilimento grafico
«Legatoria del Sud» di Ariccia (Roma)
per conto di
Fazi Editore